Morrice the butcher's brither

by Blin Lemon

Edited by John Allan

Illustrations by Stephen Cuffe

Typeset by Susie Malcolm
Published by Beltane Books
3 Muirhall Bank, Perth PH2 7ET
Scotland, United Kingdom

First published in Scotland in 2002 by Beltane Books

Printed in the United Kingdom by Heritage Press.

ISBN 0-9543365-0-X

The editor's thanks are due to: Danielle Allan (the long-suffering computer widow), Angela Williamson for her technical expertise and home-bakes, Stephen Cuffe for his wonderfully sympathetic cartoons, Peter and David Innes for their inimitable humour and high spirits, Susie Malcolm and Sarah Purdie for athing they've done, and a special mention for Jeff Riley and the birn of hoors and radges that frequent AFC Chat (ye ken fa ye are). Last but by nae means least, abody else fa thinks they should've gotten a mention.

Contents

Editor's foreword

I first came across Blin Lemon on the internet in 1999. His stories were so popular at AFC Chat that the administrators gave a section of their website over to Morrice the Butcher's Brither. So, contrary to popular belief, there ARE people within Aberdeen Football Club who can recognise talent.

I thought his material was far too good to be confined to an obscure fitba chat site and so I decided to act.

After questioning my sanity, Blin kindly gave me carte blanche to do as I would with his stories and now, after a year of finding out about the complexities of publishing, I'm not sure if I'll ever forgive him…

And fa is the boy onywye? A public servant and political activist, he works intermittently, like a bedroom appliance with a rusting DC connection. In attempting to deliver the government's agenda on social inclusion and wider access to services, he spends much of his time confronting his arch-enemies in the accounting profession, but he is not bitter.

He is also a keen musician, a singer and composer, and above all, a comic and literary genius. Although he is a legend in his own living room, Blin is modest. He told me, "Ither than wintin to see Aiberdeen tap o the league again, my only ambition in life is to die withoot fuss and be remembered as a boy that really COULD believe it wisna fucking butter."

As well as AFC, he supports a wife and two daughters, affectionately known as the Lemonettes. I do hope ***they*** *forgive* ***me****…*

John Allan

Author's introduction

For the past three years or so, on the Aberdeen Football Club fans' Chat Section (www.afc.co.uk), I am told any topic headed "Morrice the butcher's brither" has been copied immediately by several die-hards and sent around the world to far-flung relatives and friends, thanks to the wonders of the information superhighway. Obsessed members of the site – Chubbs, Hugh Mungus and Buster to name but three – have always been complimentary about my ramblings, so when the opportunity was offered to see them in print, I needed little persuasion. You see darlings, this is for you.

"Where do the tales all come from?" I am constantly asked, or more usually, "Hemmin Blin, far div ye get a' that shite?"

I could claim that I sit with fevered brow and chewed pencil over a word processor in a dim, damp attic in a rundown backstreet in Aberdeen, wrestling with my muse, never quite succeeding in getting her in the Boston Crab position, but having fun trying. I could persuade you that I am a tortured artist, neglecting body and soul while striving against unimaginable mental, physical and metaphysical adversity to bring to life the scenarios that paint themselves in my imagination.

But really I am just a sponge for ancient jokes with wince-inducing punchlines, for not-quite-true yarns that might just have a smidgin of veracity within them, and I love the thought of a crowd of "hoors and radges" frequenting run-down bars and hostelries of dubious quality.

Aberdeen has yet to discover, to my knowledge, the bar or cafe, where, no matter the time of day or night, the lonely radge or company-seeking hoor can enter, knowing that a familiar friendly face will be there to meet, greet and offer a seat. Perhaps, Ricky Simpson, here is another business opportunity.

Stateside in Boston, I think 'Cheers' got it just about right. In Aberdeen, this would be, naturally, 'Cheers, Min'. I'll get the tuxedo dry-cleaned for the opening then?

And the family of worthies who populate these pages? Very few, and certainly not the main characters, are based on anyone I know. The character names are a product of my warped imagination for the most part, supplemented by names familiar to me from Aberdeen lore and legend, and by fleeting visits from shady characters who exist only in the world of Aberdeen FC Chat, few of whom I have met, but all of whom I consider friends. Aye, it's that sad.

So, dear reader, prepare to enter the shady world of kindly rogues and ne'er-do-wells, trysts in down-at-heel alehouses and ill-advised drunken escapades. Immerse yourself in below-the-navel tales of poor taste, tall tales that have you thinking, "Well, maybe..." and the dubious humour of the backstreets of the North East's twin cities of Aberdeen and Torry. All served up with a side dish of mealy jimmy, sassidges and potted heid and washed down with a foaming stoup of Mackeson black and tan or a Fowlers' Wee Heavy.

June Imray, did you ever think it would come to this?

Blin Lemon

Efter the funeral

AT Airchie Armitage's funeral, I bumped intae Snuffy Ivy's brither, Snottery Ivan. He wis affa sair made, wi Airchie haein been his closest chum, and in The Anchorage efter the cremation, he related to me the moving tale o Airchie's passin.

Now, like Morrice the butcher's brither, naebody kent Airchie Armitage's real name. He wis gien that name when it wis fashionable, for aboot a fortnicht in 1974, to read the tales o Barry McKenzie, the Aussie anti-hero, and metaphors that dreeped fae the pages included "point Percy at the porcelain" and "aim Archie at the Armitage Shanks" as anither wye o sayin "haein a pish". Cloudy though my memory is, I can jist aboot mind Airchie bein so christened ae nicht up at Bobby Bland's mither's maisonette in Balnagask, when efter a curn o pints o Blando's hame brew, Airchie wis seein double: fower hands, twa lavvies and a double tadger. He pished in the left lavvie pan wi the tadger he wis huddin in the innermost richt haun second nearest the sink. Blando's mither's linoleum endit up in the scaffie cairt by the end o the followin week.

His passin ower wis affa sudden.

"Blin min," said Snottery Ivan, clartin the sleeve o his funeral suit jaicket wi nasal effluent and takin a healthy measure o his Mackeson black and tan, "fit a shock it wis tae get the phone call fae peer Airchie. He wis aboot greetin. A simple pain in his heid that wis reluctant to shift and the doctor tells him he's got an incurable heid disorder. That wis bad enough, but when the doctor said that he had only twenty-fower oors left afore he shuffled aff his mortal coil, he didna tak the news ower weel."

Morrice the butcher's brither lookit ower fae the enclave o radges and slappers he wis confabbin wi and came ower to jine us at the bar. Coupin a Watson and Crabbie's back in ae swally, Morrice the butcher's brither took up the tale.

"It wis a shock aricht, but nae sic a shock as it wis when Airchie speired if we could ging oot wi him that nicht. Despite my protests that he should dae the decent thing wi his last nicht on the planet, and hae a quiet nicht in wi the squad o spaver relatives he kens as his femly, he wis adamant that ae last nicht oot wi the radges and hoors wis his wish. I concurred, especially efter he admitted that he'd squirreled a poun or twa awa in the Aiberdeen Savings Bank on Viccy Road, and that he'd withdraw it a' and pey for the entertainment as lang as his nest egg laisted.

"'Round up the posse, Morrice the butcher's brither,' he ordered, 'and we will paint the twin toons o Torry and Aiberdeen the colour o the blessed Graham Leggat's 1955 league-winnin sark.'

"Despite the grumblins o Morrice the butcher, my ill-naitered swickin aul rogue o a brither, I spent a hale efterneen on the shop phone, corrallin thegither abody that I thocht wid like to accompany Airchie on his fareweel tour o the dives, clip jints, bothans and low-life haunts o this city and her bonny neighbour ower the brig there," elucidated Morrice the butcher's brither, waving an airm in the general direction o the fish mairket, nae realisin in his semi-inebriated state that he wis ninety degrees oot in his calculations.

"It wis midweek, and difficult, but on hearin Airchie's plight, and probably mair to the point hearin that he wis to staun his haun as lang as he had ready cash, the biggest bourach o radges and hingers-on gaithered since the day we a' got on the fitba special train to the 1970 Cup Final.

"Near abody wis there. Bernie the Bolt, fortunately, wis oot o Craigie on appeal, because as usual he claimed it wisna him. It's only recently that he's come to realise that the term 'wrang spy, yer honour' disna constitute a defence, ony mair than those useless basturts Inglis and Winnie did, but dinna get me started on that. So, the Bolt wis up for it, especially as he thocht there micht be the opportunity o a sale or twa o some hot items that were clutterin up the sheddie in his sister's back gairden in Faulds Gate.

"Blin, I wis affa gled that you could mak it, for Airchie wis aye delighted to debate the finer points o Marxist dialectical materialism wi ye, whilst we slung back the finer pints o heavy, and his last nicht on mither earth widna have been complete withoot the twa o ye fa'in oot ower some vital historical detail o the owerthrow o Allende by thon Pinochet minker, only for the twa o ye to mak it up and be closer than brithers ower a dram five minutes later.

"I'd an affa job getting hud o the Torryloon. He'd been called affshore to deal wi some problem they werena expectin somewye in the Beryl Field. Twa three twists o Duck tape roon the leg o the rig and he wis on the next chopper oot to Dyce, jumpit in a joe baxi, stoppin only in by the off licence on Clifton Road to bring his levels up to his version o normal. Roon by Johnny Norrie's hoose, a quick sweel and swally and they baith arrived at wir startin point, The 19th Hole at the appointed oor."

At this juncture, Morrice the butcher's brither raised ane o the seven glesses o Watson's lined up on the bar in front o him and jined in the drunken toast to "absent freens" shouted fae the table ahin the door, aroon which were arraigned Snuffy Ivy, Cove Mary, Forfar Meg, Garstang Lil, Diamond Lil, Huntly Kate, Fool Annie, Glesca Betty and a salivatin, pechin Geordie Gusset, amateur gyno... gynak... ginac... fanny doctor.

"Michty, that concubine o quines in the corner there, they were richt cut up aboot Airchie's news. Apart fae the fact that a freen o theirs wis aboot to turn up his taes, Airchie's status as a bachelor-aboot-Torry meant that he also provided a considerable source o their income. Within twenty minutes o their arrival in the 19th Hole, they'd agreed that fitivver pleasure Airchie winted on his fareweel evenin wis his, and for nothing. Airchie obviously wisna expirin fae the waist doon, since he and Huntly Kate disappeared for half an oor seen efter her arrival, and on his return, he neckit only twa mair Fowler's Wee

Heavies afore he wis dragged oot the backie by the twa Lils. For the rest o the evenin, peer deein Airchie wid be propositioned by ane or twa o them and wid, wi a glint in his ee, agree to fitivver nonsense they were proposin. Crammed a lifetime o houghmagandie intae one nicht. Good old Airchie."

Pausin only to let Phoenix by him to get to the bar to effect the purchase o a bottle o fine Bordeaux (a speciality o The Anchorage cellar), Morrice the butcher's brither went on.

"By the time we quit The 19th Hole, we'd already a fair skite in. And skite we did, on haddock intimmers litterin the pavement ootside the fish hooses on Sinclair Road as we made wir wye doon to the Rat's, far Hugh Mungus wis waitin. Fine loon that he is, he'd concocted ane o his legendary secret recipe cheese-cakes, but kennin Airchie's oddity o palate, had incorporated a layer o mealy jimmy atop the base, and had cunningly utilised Morrice the butcher's potted heid, still warm, as the substructure for the cream toppin. Airchie wis fair trickit wi this surprise and waded in, insistin that the hale company partook on the sweet and sour repast, includin Ernie Winchester and his loon "Red All Over" fa hid jist arrived fae their thrivin femly business across the ither side, the less-acceptable side, fox ache, why did they ivver build that brig, wis Torry nae better aff independent? Ernie stood his haun, despite Airchie's protest that it wis a' on him that nicht, but Ernie shrugged aff his protests, statin, 'It's a' richt Airchie loon, it'll come oot o expenses. Some unsuspectin ile company will pey for it the morn,' and whit a laugh we a' had.

"Ower tae The Grumpian Bar, and by noo the excesses were beginnin tae tak their toll. The slappers took their leave, maist in tears as they left to tak up their respective stances for the nicht shift at the harbour, thus disprovin the theory ahin the expression 'as hard as a hoor's hert'. Airchie, however, wis in as fine fettle as we've ivver seen him, Blin. Nivver awa fae the bar orderin up drinks for the hale gaitherin, although The Grumpian Bar did struggle wi the request fae Phoenix for a rare Chilean shiraz o particular vintage, but Phoenix wis happy to settle for a bottle o the hoose reed, articulating, in his ain wye, his mantra, 'It's better by the bottle than by the gless, Airchie.'"

By noo, The Anchorage wis getting affa crowded as the dennertime swalliers fae the fish hooses came in. We moved ower to the table aside the fruit machine. This sparked anither memory in Snottery Ivan's sinus-congested heid.

"Div ye mind, Morrice the butcher's brither, that eence we'd found wir wye up the brae to The Double 2, Airchie tried his haun wi the bandit on his wye back fae the lavvie?"

"I maist certainly div," chuckled Morrice the butcher's brither, "and while I'd nivver be crass enough to suggest that Airchie wis lucky, for he only had aboot nine oors left to live, I'd hae to apply that particular epithet tae him on that occasion. Twa fifty pences in the slot and strikes the jackpot! Sixty bar! Which tae the dear depertit loon's eternal credit..." and here Morrice the butcher solemnly raised his gless aloft towards heaven, or mair precisely the artexed ceilin o The Anchorage Bar, "he pit ahin the bar and telt abody in the pub, nae jist the radges, that the

drinks were on him till shuttin time, or the siller ran oot, fitivver eventuality occurred first.

"Blin, you'd founert by this time, and were sleepin in the corner, only yer snorin giein ony indication that ye hidna preceded Airchie to the ither side. Bobby Bland wis awa hame, haein teen fond fareweel o Airchie, for Mrs Bland had thocht he hid jist nippit doon tae McRuvie's shoppie for an evenin paper six oors afore, proof o this bein the zippit baffies on his feet. The Torryloon and Johnny Norrie had been pickit up by the Boxyquine in the car, for pittin ae fit in front o the ither to perfect the technique o walkin wis beyond their inebriated capabilities.

"In fact, Blin, efter ye woke up, took a look at that affa unreliable hoor o a watch that Bernie the Bolt selt ye, coincidentally the very week efter the jewellers in the New Market wis blagged, and said, 'Fox ache boys, look at the time, I've the bairns to pick up fae the school, see ye the morn,' ye staggered aff doon the hill and hame."

"I regret that," I said. "Last time I saw Airchie and I didna say a proper cheerio. Curse that swickin rogue Bernie the Bolt and his useless hoors o watches. So fa did that leave in The Doubler, Morrice the butcher's brither, min?"

"Regrettably," replied Morrice the butcher's brither, "naebody but him and me. It seems as far as drinkin's concerned, nae ither radge his the stamina, and noo that Airchie's in a wee paper baggie up at the cremmy, ready to ging intae a casket and be scattered in The Beach End penalty box at Pittodrie, I doubt I'm the quaffin king. But I wis affa near deitered by the time ye a' left."

"So fit transpired?" speired Snottery Ivan, "Foo did my best pal spend his final few oors? I wid affa like to ken."

Morrice the butcher's brither emitted a sigh, and continued. "I wis affa fou masel, but Airchie wis fair coherent, so I let him claik on.

"Airchie wis ramblin a bit, 'Div ye mind a' the good times we've hid, Morrice the butcher's brither, min? We a' grew up thegither as loons, getting up tae a' kinds o hallyracket mischief. Div ye mind the time that Ernie Winchester and you went pinchin aipples fae the big hoose opposite the jile? The boy, hopin to preserve his Granny Smiths, had pruned the branches richt up, to prevent the loons fae pullin aipples aff the tree. Ernie wis that annoyed he went hame and got his aul man's bushman saw and hacked the tree doon. Ye'd sic a feast ye were aff the school for twa days wi diare... diorrh... dyar... the skitters. And yer brither's back shoppie biler wis kept goin wi best aipple timmer for the next fortnicht.

"'And can ye mind a' the good times we've had follyin the Dons? Thon day at Hampden when Joey scored the penalty and Henning Boel, Tam McMillan and Martin Buchan kept wir ain goal intact afore Derek McKay scored twa. Fit fou we got that nicht. I mind we jist got hame to Aiberdeen on time for the big parade doon Union Street the next day, and then we started a' ower again in The Hop Inn.

"'And Easter Road the day we won the League. I wis greetin. It wis a magical time. Cups are a' very weel, but to win the League is the thing. Missin presumed drunk for a hale week. Geno at number 1 in the charts. I aye liked that story in *Fit Like New York* aboot that hale day and evenin. It used to bring a tear to my ee to read it.

"'And then Gothenburg. Seventeen o us kippin doon, or that wis the intention, in ae room in The Hotel Ramada. Seventeen kitbags in the room richt enough, but efter Johnny Hewitt achieved the greatest immortality that a Hilton loon can aspire till, sleep wisna an option. Doon thon disco, bribin the DJ boy to pit The European Song on time efter time. Back at the hotel, Blando fell asleep on the divin board o the sweemin pool, and thinkin his kilt wis the blunket on his bed at hame in Balnagask Circle, he pulled it up tae his chin. The lifeguard quine that came to open up next mornin got an affa shock although, when we a' met up at the airport, Blando's claims that she pulled him aff were met wi global disdain and disbelief, until he said, 'Awa ye feels, I meant she hauled me aff the fuckin divin boord.

"'Aye we've had some rare times min, and even though I dee

the nicht, I'll feel as though I've packed twa hunner years o livin into my...well, ye ken foo aul I am. So come on then Morrice the butcher's brither min, on yer pins, ower to toon in a joe baxi, a boogie at that Frunkie Lynne's nichtclub, then roon tae a lap-duncin club, a puckle mair bottles o Watsons, a gallon or twa mair o Tartan Special. Let me go oot in a blaze o glory. Come on min, Morrice the butcher's brither, loon, tonight we pairty like Morrice the butcher is sellin mealy jimmies at £19.99.'

"Loons," continued Morrice the butcher's brither, "I wis as minkit as I have ivver been. Drunker nor thon time we liberated a keggie o Tartan Special fae the back o The Dutch Mill efter an unsuccessful beaver patrol tae a dunce at the Do School, and supped the hale lot atween seven o us in Rubislaw Gairdens. It wis then that I telt Airchie, on his last ivver nicht oot, fox ache, I can hardly believe I said it..."

And wi that Morrice the butcher's brither took an affa mooth-fae o his black and tan to calm the emotional quiver that was manifest in his voice.

"Fit did ye say tae Airchie, Morrice the butcher's brither, min?" enquired Snottery Ivan, "Dinna upset yersel."

"It wis affa o me to say fit I said, but fit's deen is deen, and though I regret it, there's nae eese in greetin ower spilt dreepin," said Morrice the butcher's brither, his composure regained.

"Aye but fit wis't that ye said?" asked Snottery Ivan again.

"Weel, he wis aye bletherin on aboot wintin to go ower the toon, to drink mair, to dunce, to hit a lapduncin hing-oot, and I turned tae him and said, 'It's a'richt for you Airchie min, but you dinna hae to get up in the mornin.'"

Mower aboot Morrice

LANG afore Morrice the butcher's brither won his apprenticeship at the family corned dog and mealy jimmy empire, he worked in a local hardware store. It wis so lang ago that only the Torryloon and Morrice the butcher's brither himself can mind the name o the place.

As he wis only a loon, which proves that this wis a very lang time ago, he wis to be shown the ropes by an aulder assistant.

On his first day, the aulder boy took him through to the Rope Dept and said: "There's the ropes, Morrice the butcher's brither." But that wis merely a joke played on all new apprentices. Later on, he wis sent to the stores to get a half pun o corporation tacks, a long stand and a half tinnie o tartan paint. Familiar enough parts o the initiation ceremony.

Next day, however, his real training began.

First customer came into the shop. "Ask the mannie how ye can help, Morrice the butcher's brither," whispered his mentor, sotto voce, "and I'll observe, and gie ye valuable feedback on yer sales performance so that we can set off on the never-endin journey to continual customer service improvement thegither."

"And how may I help you this fine Aiberdeen morning?" asked Morrice the butcher's brither, smiling politely at the chiel, showing none of the grumpiness for which he has become renowned.

"Whit a weel-spoken loon," mused the customer, "I'd like to effect the purchase o a pun o ryegrass seed, if you please."

"Certainly min, I mean sir," said Morrice the butcher's brither, and he weighed out the exact quantity, bagged it up, took the cash, and bade his first customer a cheery farewell.

"Nae bather, eh?" asked Morrice the butcher's brither o his tutor. "A satisfied customer."

"Aye, nae bad," opined the mentor, "But ye could have selt him something else forbye. Next time a customer comes in, I'll serve him or her and I'll let ye see fit I mean. Look and learn, young Morrice the butcher's brither."

Afore lang, anither customer came in. The usual pleasantries were exchanged, and then negotiations opened. By coincidence, the latest customer also wanted to buy grass seed. Weighing out the requisite volume, the experienced assistant asked the customer, "And will there be anything else, sir?"

"I dinna think so," replied the purchaser, "nothing springs immediately to mind."

"A lawnmower, perhaps?" enquired the salesman.

"A bit previous maybe," replied the customer, "the grass seed's still in ma pooch and it'll nae be ready for cutting for anither 4 months."

"In this topsy-turvy commercial world," replied the sales assistant, "one can never predict the positive and adverse effects of international markets on horticultural equipment. By the time your lawn has matured sufficiently to have applied the trusty cutting bar of the Ransomes 17-inch scissors cut, the costs of purchase of such a fine and indispensible item of gardening equipment may have escalated to the extent that it would pay to consider purchase this very afternoon."

"My word, you're right," said the customer. "What can you offer me?"

Within twenty minutes, the boy had a petrol-engined Atco two-stroke 17-inch cut cylinder mower in the back o his Austin A35 van.

"There you are, Morrice the butcher's brither," expounded the mentor. "Always keep your eye out for an opportunity of an additional sale, for it costs ten times as much to gain a new customer as it does to keep one which is on our list already."

Some weeks passed. Morrice the butcher's brither learned quickly. There was the occasional embarrassment, such as when he argued with a customer that moths were ower wee to hae balls, never mind cut them aff to keep claes fae goin mouldy, but he improved daily and was soon more than capable of carrying on transactions on his own.

The big day arrived.

"OK, Morrice the butcher's brither," he wis telt by his avatar, "you're on your own the day. I'll keep an eye on ye, but I think ye've made it. But mind, dinna miss an opportunity o an additional sale."

Ten minutes later, in walked a customer.

"Good morning sir, and how may I help?" enquired Morrice the butcher's brither.

The man shuffled, obviously embarrassed.

"Er, well, erm, it's for the wife like, erm, look, eh, can I buy a packet o tampons?"

"Certainly sir, just hold on," and Morrice the butcher's brither found the items requested before handing them ower to the relieved mannie.

"And would sir like to purchase a lawnmower?" asked Morrice the butcher's brither expectantly.

"A lawnmower?" questioned the customer, who by now had regained his composure. "Why would I want to buy a lawnmower?"

"Well, it seems that it's rag week at hame. That's fucked up yer weekend, so ye micht as weel mow the grass."

The nut cracker

MORRICE the butcher's brither and the Torryloon go back a long way, in fact they did their National Service thegither at a long-closed USAF base in rural Lincolnshire.

They decided one efterneen to hae a look aroon the flat fenland countryscape that surrounded the centre of leaden and radiation death at which they were based.

Bein loons fae Torry, and therefore inveterate drooths, they decided that a pint wis in order. Luckily, aboot five minutes later, they turned a corner in the verdant country lane along which they were promenading, and there in front of them stood a tavern, honeysuckle winding spirally toward the charmingly pantiled roof, clinging to the weathered sandstone walls. Light woodsmoke curled lazily from a single chimney, and roses arched their climbing way around the stout oaken portal of the idyllic country tavern.

"Fair maks ma een water," said Morrice the butcher's brither. "It's a real hame fae hame. Jist like The Grumpian Bar."

And in went the pair and ordered up large stoups of foaming ale from the ruddy-cheeked bewhiskered potman, resplendent in shiny white apron behind an authentic oak-panelled bar.

Two or three ales later, our Torry twosome became aware of a soft thumping noise, followed by a sharp splintering sound emanating from the snuggery.

Bent double (except for Morrice the butcher's brither, whose posture gives this impression at all times) the two entered through the low door to the snuggery. Inside wis a sicht that they could hardly believe.

An aul country worthy wis stannin at the bar, moleskin breeks aroon his ankles, and his pink and purple pogerin stick in his hand. On the bar sat a walnut.

Bringing his tadger swiftly down on the walnut by a subtle flick of his wrist, the fruit of the sinewy walnut grove was rendered into a hundred pieces, split apart by the tadger of the old codger.

"Cwid ye dae that again?" speired the loon. "If ye can, we'll stand wir haun."

"Nae bather ava, loons," was the reply, or at least the wild Fenland version of this.

The aul lad pulled up his breeks, hid a rummle aboot in the pooch, and pulled from therein another walnut. He took aim with his trusty weapon and brought it crashing down on the nut. He stood back grinning a toothless smile as the mine host pulled him a healthy draught of the local brew, paid for by Morrice the butcher's brither.

Some years passed, and eventually, Morrice the butcher's brither took to himself a wife, who you a' ken is Mrs Morrice the butcher's sister-in-law.

Following the nuptials at St Fittick's Kirk and a potted heid buffet reception at Mrs Morrice the butcher's sister-in-law's mither's hoose in Balnagask, the twa newlyweds left on honeymoon, a driving tour of the east coast of the mainland of the UK.

Aboot the Wednesday, they were heidin through Lincolnshire in Morrice the butcher's reekie aul Austin J4 van. The countryside began to look familiar to Morrice the butcher's brither, hunched up foetus-like in the driving seat.

"This," he said to Mrs Morrice the butcher's sister-in-law, dozing off in the passenger seat, "looks affa like the place far me and that scoundrel the Torryloon, fa drank a' the drink and upset the bridesmaids wi his fool suggestions at the weddin reception, did wir National Service. I winder if I'm richt?"

Afore lang, his suspicions were confirmed. There wis the guest hoose he wis thrown oot o when he sneaked back in with the quine that wis waitressin at the local hotel the nicht o his birthday. There, across the village green, wis the butcher's shop where he had workit on odd Setterdays, introducing the locals to the heavenly delights o secret-recipe mealy jimmies, and there wis the ancient yew tree he had tried to engage in conversation ae nicht when affa affa drunk.

"Now if I turn left at the crossroads here, I believe there's a wee country pub that we could stop and hae a refreshment at," mused Morrice the butcher's brither.

Sure enough, a mile doon the road, there wis the same idyllic rustic tavern he'd visited wi the loon twenty years afore.

"The very place!" he grinned as he pulled on the umbrella-style handbrake, peculiar to the Austin J4 of that vintage, and placed a half breeze block ahin the wheel, due to the efficiency of said handbrake on that particular model.

In the pair went, and ordered, from the same ruddy-cheeked yeoman, a pint o the local rocket fuel and a Sweetheart Stout for Mrs Morrice the butcher's sister-in-law.

They were sittin at a corner table when Morrice the butcher's brither became aware o a dull thud, followed by a splintering crash. These sounds were emanating, as they had twenty years previously, fae the snuggery.

"It canna be. The boy wis that aul, he must be deid by noo," exclaimed Morrice the butcher's brither.

Grabbing his bride by the hand, and uttering, "This ye HAVE to see," to Mrs Morrice the butcher's sister-in-law, he headed for the snuggery.

In that small dark cosy room at the rear of the tavern stood a figure familiar to Morrice the butcher's brither. Moleskin breeks aroon the ankles, slightly more wizened tadger in hand, face and features even mair weatherbeaten than before, stood the same old man. But this time, on the bar, there was no walnut. In its place was a large hairy coconut that widna have been oot o place at the coconut shy stall at Aikey Fair.

With a deft movement of the wrist, the ancient's manhood was brought crashing doon on the fruit of the palm. It splintered, sending shards of shell, fruit and cascades of coconut milk a' ower the snuggery.

Morrice the butcher's brither and Mrs Morrice the butcher's sister-in-law were astounded.

"Gie the boy a pint o fittiver he wints," shouted Morrice the butcher's brither, "for that wis an astounding feat."

He cornered the aul boy.

"Ye'll nae mind o me, but I saw ye dae that very same trick twenty odd years ago," said Morrice the butcher's brither. "But there is a difference. Last time ye did it, ye smashed a walnut to smithereens, but this time it wis even mair impressive – a coconut for fox ache!"

"Aye weel," says the aul mannie, "my eyesicht's nae fit it wis."

Ernie Winchester

WHEN Morrice the butcher's brither wis a young loon, money wis ticht. Even though aul Morrice, Morrice the butcher's brither's mither's man, had a half share in the shoppie that today proudly bears the coat of arms of the Sultan of Schwiiing abeen the door for its ability to supply that gadgie's court wi mealy jimmies, there wis nae siller for luxuries.

Ae lang, nivver-endin barefit scorchin het summer holidays, Morrice the butcher's brither and his aul mucker Ernie Winchester were desperate to lay their hands on a bit o cash. They funcied some new dazzies, some lucky tatties and a howk aroon the toy shoppie at the fit o the big steps on Bridge Street.

A' this cost money, nae to mention the tanners they'd to gie Fool Annie, then in the very prime of her blushing youth, for a look o her knickers when she climbed the ladder to the mannie Sinclair's doo loft far she entertained the aulder Torry loons.

They'd considered athing. Runnin messages for wifies in the big hooses at the tap o Vicky Road wis a good idea, but the first hoose they tried, they were chased awa by the wifie's dog, her shouts of, "Bugger off oota here young Winchester, an tak that monkey wi ye, last time ye went messages for me ye played fitba wi the cabbage and bools wi the eggs," ringin in their lugs.

Then Morrice the butcher's brither hit on an idea.

"Ernie, min," said Morrice the butcher's brither, as the two lazed by the Dee like a latter-day North Eastern Tom Sawyer and Huckleberry Finn, "div ye ken fit day it is the morn?"

Ernie Winchester pondered for a mintie.

"Now let's see," thocht the as-yet-undiscovered rummel-em-up cairthorse o the mid 1960s Pittodrie forward line. "Yesterday wis tattie soup at dennertime and Morrice the butcher's brither's mither's man's beef sassidges at suppertime, so that means it wis Thursday. The day at dennertime, we hid fromage de tete, although it tasted affa like Morrice the butcher's brither's mither's man's potted heid, and I saw my mither makin dough-balls so it must be mince fae Morrice the butcher's brither's mither's man's shoppie, wi tatties and a delicious Morrice the butcher's brither's mither's man's mealy jimmy for wir supper the nicht. That maks it erm... er... let me see... er... oh aye Friday, so the morn wid be... um... och... erm eeeeehhhh... Setterday!

"Is it Setterday, Morrice the butcher's brither?" he asked.

"It nearly IS fuckin Setterday the time it's teen ye tae answer. But it's nae jist ony Setterday, it's the first Setterday o the fitba season and the Dons are at hame to Queen Of The Sooth in the League Cup Sectional Tie," responded Morrice the butcher's brither, somewhat tetchily.

"But we canna afford the ninepence to get in," said Ernie Winchester. "Much as I wid like to see the swashbuckling forward play of the bandy-leggit front man Paddy Buckley and the dashing wing skills of Graham Leggat, it's nae an option for us ye daft humpy-backit divvil."

"Na na, Ernie," replied Morrice the butcher's brither, showing remarkable tolerance of his friend's inability to grasp the situation, "there's an opportunity there for us tae mak money."

"Ye mean sellin the Official Programme, price thruppence, outside the hallowed Theatre of Dreams by the sea? Div ye think they'll gie twa loons like us a job as responsible as that?" speired Ernie Winchester, missing wi a huge stane a duck swimming in the Dee only two feet from him, in a sadly-prescient rehearsal for that absolute sitter he missed against Hibs in 1965.

"Na na Ernie min, my plan is much mair cunnin than that."

Next day, around 1.30pm, the twa lads jined the throng of bunnets and demob suits heading north along King Street towards Pittodrie, and almost certain glory. Each was, curiously, armed with a carpenter's boring brace, a large butcher's knife and a galvanised bucket of the kind Oor Wullie parks his erse on.

As the throng crowded the turnstiles at the King Street End, the heroes of our tale dodged towards the gasworks and sneaked in under a gap in the wire mesh fence.

"Now Ernie," said Morrice the butcher's brither, stopping by the wooden fence that at that time ran the hale length o Pittodrie ahin the Sooth Terrace, "drill a hole in the fence aboot here, at aboot the height o a mannie's waist. They've a' been in the Cragshannoch and The Lang Bar afore the game drinkin Mackeson black and tans, and they'll a' be dyin for a pish weel afore half time. They'll come doon to the fence, pit their cocks through the holes we've drilled in order to relieve the copious

volumes of urine in their incapable bladders. As soon as a foreskin appears through the hole, grab it and shout 'Gie's half a croon or I'll cut yer cock aff.' The half croons will be fleein ower the fence, you may be sure. We'll seen fill these pails wi money min and we can hae a' the sweeties and toys ye could wish for. You bide here and I'll ging further doon a bit, to maximise our revenue-gathering potential."

Both drilled holes in the fence and set about their entrepreneurial endeavours.

Aboot half an oor later, a bobby appeared.

"Aye aye, fit's a' this?" he enquired o Morrice the butcher's brither. "Fit are you twa young scamps up till?"

Morrice the butcher's brither explained, "The mannies at the fitba hiv a' been in the pub and will be burstin for a pish. They'll come doon to hae a pish against the fence, see the holes me and Ernie hiv drilled, pit their cocks through the holes, and then we grab them and threaten to cut their cocks aff unless they throw half a croon ower the fence till's. The proceeds are gathered in this very receptacle that my mither usually uses on nichts when it's ower weet or caul to ging to the dry lavvie at the fit o wir gairden."

"Very enterprising," said the bobby, "and how are ye getting on?"

"I'm daein a'richt," grinned Morrice the butcher's brither, "I've made 17/6."

"And fit aboot you, loon?" the tarryhat enquired o young Ernie Winchester, who was concentrating hard waiting for the next piece of pink flesh to protrude through the orifice. "How weel are you deein?"

"Nae sae weel as Morrice the butcher's brither," responded young Ernie. "I've only made five bob. But what a pailfae o cocks I've got."

The coalmannie's widow

NOW ye a' ken that Morrice the butcher's brither comes fae a big femly. There's dizzens o them, and nae even the members o the femly can enumerate them a' and mind fa's cousins o fa and far they a' bide, fan their birthdays are or onythin.

Fit Morrice the butcher did ken, however, wis that his uncle, Morrice the butcher's mither's brither, wis going to get merried.

Now when I tell you that the boy wis Morrice the butcher's brither's mither's brither, dinna get confused with Morrice the butcher's brither's mither's ither brither fittiver ye dee. Although he is better kent, this tale concerns Morrice the butcher's brither's mither's ither brither's brither, fa wis Morrice the butcher's brither's favourite uncle.

Onywye, the aul lad had decided to get merried. This wis to be a new experience for him, for he had spent maist o his life at sea, working as a butcher in a galley on various merchant navy vessels. He had traivelt the sivven seas, although he struggled tae mind the names o them a'. He had dallied wi La belle Ivy de Snuffe in Tangiers a whilie, and had been affa fond o Corfu Marie when in the Eastern Mediterranean. A Cantonese beauty by the name of Fu La Nee had also tempted him for a while, but he backed oot o the nuptials at the last minute, got back on board the boat, and settled to a life o mealie jimmy production, jack-tar style, aboard the vessels of oor merchant fleet.

Efter he hid retired, he still offered his expertise at Morrice the butcher's shoppie, and his yarns o nautical life, roondin the Horn and navigatin the Panama locks and a hunner ither siclike tales, wid mak mony a caul weet efterneen in the back shoppie bearable as the heids biled and the scraps bucket filled as the staff o Morrice the butcher's shoppie listened in awe.

Ashore for good, however, he missed the close camaraderie o his mockers fae the boats. Whilst Morrice the butcher and Morrice the butcher's brither were good company for the aul boy, and wid aye be maist keen to accompany him to the Grumpian bar for glesses o Trawler Rum, he hankered efter closer company. Efter a', Morrice the butcher and his brither, Morrice the butcher's brither, were really o a different generation, since he wis their uncle, bein Morrice the butcher's brither's mither's ither brither.

Female company wis whit he desired. He wis keen on settlin doon, so he decided to seek for himself a wife.

As fate wid hae it, a regular customer at the shop wis the coalmannie's widow, Jessie. Now, like Morrice the butcher's brither's first name, her man's surname and therefore hers through merriage, had been lang forgotten in the mists o time and the haze o Fowlers Wee Heavies doon the years. Abody jist kent the boy as Jock the Coalmannie. In fact he wis a minor celebrity in Torry. It wis a rite o passage for the bairns to grow up learnin their first dirty joke. I mind fine the day that Johnny Norrie sidled up to me in the playgrun and whispered lewdly, "Hemmin Blin, wid ye like to hear a dirty joke?"

"Aye go on then, but this had better be good, and neen o that aul shite oot o Tommy's joke book," quoth I.

"Jock the coalman," responded Johnny Norrie, "Div ye get it? Ye see he's ca'd Jock and it sounds like "joke" and he's black as the Earl o Hell's waskit. Ha ha ha." I laughed politely.

Onywye, the coalmannie's widow had been left on her ain efter a tragic accident on the Manser when the coalcairt slippit its shafts fae the harness aroon the cuddy, and peer Jock wis beeried alive under fower and a half ton o smiddy nuts. Every cloud has a silver linin, they say, and so it wis in this case, for Jock had the contract to supply the Kaimhill Cremmy wi fuel. He wis incinerated three days later on a pile o his ain Shilbottle dross, returnin his widow a tidy profit.

And so it wis that she got lonely hersel. She wis weel aff, for these were the days afore Aiberdeen's proud neighbour wis a smokeless zone. There wis also a fair puckle trawlers that hidna converted to diesel yet as weel, and demand for coal wis high.

Within a year o Jock's cremation, she selt the business and retired fae the bricquet racket a'thegither. And that's when the loneliness kicked in.

Afore lang, her visits to the potted heid emporium became mair frequent. Like his nephews, Morrice the butcher and Morrice the butcher's brither, she wis affa teen wi Morrice the butcher's brither's mither's ither brither's tales o foreign traivel. Ae thing led to anither, and within a few weeks, they were inseparable. Nae lang efter afore lang, they decided to get merried, to the delight o abody, for they seemed weel suited.

Now, although Morrice the butcher's brither's mither's ither brither wis a man o the world, he realised that, given his previous dalliances in far flung ports, often wi quines nae ower fussy aboot their gynaecal... gynaeclo... gyn... ach, their fanny health, he'd be better to get athing checked oot at the doctors.

On the day o his appointment, he arrived at the surgery and wis called in. He had a newsie wi the doctor for a whilie aboot the fact that a free-at-the-point-o-delivery National Health Service wis a fundamental right, and that prescriptions should be free as weel, and that if only they were bidin in "a socialist utopia", things wid be a hale lot better for the maist o the population. "Efter a'," opined the aul boy, "Fit's wrang wi haein ideals? If ye dinna hae ideals, ye end up wi managerialist mediocrity like thon twa feels Blair and Duncan Smith."

Havin sorted oot the problems o the nation, the MO thocht he'd better find oot fit he could dee for the aul lad.

Morrice the butcher's brither's mither's ither brither explained that he wis aboot to get merried, and admitted that in the past he had occasionally pit his tadger in places that nowadays he'd hesitate to pit his big tae, and that he wanted to get checkit oot jist in case there wis ony long-lastin effect on his youthful vigour. "In fact," he confessed, I've pit my stroop, mair than eence, in places that I widna pit my walking stick."

The medicine man examined him, felt his prostate, lookit for odd rashes, especially that dangerous Mexican strain Gringo the rashes O, biles, lumps, warts and discharges. Nothing to worry him. Nae traces ava o exotic lurgy, tropical diseases or even thon tadger affliction suffered by lads that cairry oot self abuse at under ten strokes a minute, the slow hand clap.

"A clean bill o health," pronounced the doctor, "As fit as a boy twenty years younger than yersel. Awa ye go and enjoy merried life. Fa is't yer gettin merried till onywye?"

"It's the coalmannie's widow," replied Morrice the butcher's brither's mither's ither brither. "We're affa fond o ane anither and are fair chokin to be on wir honeymoon."

"The coalmannie's widow?" said the medical maestro. "She's ane o my patients as weel. Ye'll hae to go easy wi her min, because she's got acute angina."

"I ken that fine," said Morrice the butcher's brither's mither's ither brither. "And nae a bad pair of paps for her age either."

Orange todge...

I WIS engrossed in the Channel 4 racin fae Newton Abbot yesterday, when Morrice the butcher's brither came into the Torry Bar, bocht us baith a pint and then splootered aboot half o't on the sawdust and tabby-encrusted bar fleer as he burst intae an uncontrollable fit o gigglin.

"For fox ache, Morrice the butcher's brither min," girned Jocky fae ahin the bar, "mind far ye're splooterin yer beer. I only swept that fuckin fleer last week and I'm nae deein it again."

I wis shocked as weel, for Morrice the butcher's brither is curmudgeonly by repute. He has studied at the feet o the greats – WC Fields (or Pish-Hoose Meadows as we used to ca him when we were loons), the mannie that used to work ahin the desk at The King's Pavilion sweemin pool and his big TV hero, the Punch and Judy boy oot o *Hi De Hi* fa detested kids and wis the grumpiest aul cratur I can mind on.

Tae tell ye the truth, I wisna ower enamoured wi life masel, nae doot influenced by the behaviour and performance o some o the coalmannie's cuddies, reputed to be thoroughbred racehorses, that had seen a considerable proportion o my hard-earned siller find its wye intae Bobby Morrison the bookie's hipper. I wis eence stoppit by a wifie wi a clipboard ootside Jimmy Wilson's pub in Market Street, and she asked me, as part o her System Three-commissioned market (street) research fit my views on charitable donations were. Mrs Blin answered on my behalf afore I could comment, "He gies a lot o his siller tae seeck animals, except he disna ken they're seeck until he sees the racin results in The Green Final." An affa cynical woman whilies, is Mrs Blin.

Onywye, sic an outburst o overt joy fae Morrice the butcher's brither is an affa rarity. The last time I heard him laugh as heartily as that wis the day Hearts lost the League in 1986. He worships at the High Germanic Kirk o Schadenfreude dis Morrice the butcher's brither.

"Fit's the joke then, Morrice the butcher's brither? Has Laidlaw's been prosecuted for sellin underweight bags o carrots or Cain's been lifted for pittin ower muckle preservative in their inferior mealy jimmies? It must be somethin big for you to laugh like that," I spiered o him.

My query merely set him aff again, and there were tears in his een which he wiped awa wi a snottery hanky when he eventually calmed doon, and revealed the reason behind his uncharacteristic mirth.

"I wis in the back shoppie afore dennertime. My brither, Morrice the butcher, wis awa hame haein his potted heid and that impident young quine wis servin ahin the coonter. Jim the Jute wis in the shop and I overheard the conversation she had wi the boy." And wi that he took a sip o his export and gave anither short giggle.

"Ye ken Jim the Jute. Moved up here fae Dundee and bocht a flat in Menzies Road when he got a job affshore wi Santa Fe. Regular customer o oors for years noo, except when the Dons have gien Dundee United anither mither and faither o a thrashin and we dinna see him for weeks." I nodded my assent. I wis weel aware o Jim and his strange angle on life and fitba.

Morrice the butcher's brither went on, "Weel, the impident quine looked at athing Jim the Jute had ordered. There wis a single mealy jimmy. A single steak pie. Twa carrots. Ae bakin tattie. A quarter pun o beef mince and fower pork sassidges. She lookit at his meagre set o purchases and said, 'Ye're nae merried, are ye?'

"'No, eh'm nae,' he replied in that affa funny accent he's aye got. 'Whit wye dae ye ken?'

"'Because you're a richt ugly bastard,' said the quine, nae blinkin an eyelid.

"Now, I've nivver been on a customer care course, but I ken fine that's nae wye to treat a customer, and I came through and scolded her. 'Quine,' I said, 'That's nae wye tae address a customer. Ye should aye gie them their richtful status at the end o a butcherly transaction. Fae noo on, ye'll hae to address customers as 'min' or 'wifie', so you should have said, 'Because ye're a richt ugly bastard, min.' Gie the quine her due, she realised her mistake and apologised to me, and said that she wid be affa grateful if I didna mention her retail politeness faux pas to my brither, Morrice the butcher.

"Onywye, Jim the Jute seemed to be a bit doon in the mou', although if I supported a team wi Alex Smith as manager, I'd have thrown masel aff the Suspension Brig by noo, so I spiered him ben the back shoppie for a cup o tae and a syrup saftie.

"Ben he came and he perked up a bittie, for such is the therapeutic effect o an Aitken's saftie liberally spread wi finest Tate and Lyle's. Afore lang, he telt me why he wis sae depressed, apart fae his regret that he chose his fitba team lang ago athoot walkin the full length o the coonter.

"Blin, min, it seems the boy has had affa trouble doon below." Morrice the butcher's brither broke off for a moment to affirm to the barman that he wid hae anither pint and that I wid pit up the siller for it, then he continued, "Jim the Jute went to the doctor efter he came back onshore last week, so worried wis he aboot the condition o his meagre genitalia.

"He sat doon in the surgery, and a conversation ensued wi the doctor aboot NHS waiting times, which mainly consisted o Jim the Jute beratin the hapless medic aboot the half oor he had spent waitin ootside.

"His Tayside dander was by noo weel and truly at its apex and he continued to rant aboot the dearth o up-to-date reading material in the waiting room, claiming he'd read day-efter news aboot the horrendous casualties suffered by the Anzacs in Gallipoli in 1916.

"As the tirade subsided, the medical mannie said: 'Well, Mr Jute, I'm sure you're not here merely to debate the fragile state of our underfunded welfare state; how may I be of assistance?'

"Jim the Jute wis fair embarrassed. Near as embarrassed as

he wis when the Dons humpit Dundee United fower nothing this season, ye mind the nicht that we ended up break-duncin on the tables in The Cragshannoch? So he said to the doctor, 'Eh'd better show ye doctor,' and he took his tadger oot, or raither took doon his dra'ers and let it hing since takin it oot wid have been difficult, sic a wee sharger o an apology o a pogerin stick it wis. Apparently, Blin, it wis as orange as Davie Narey's sark. Wi the bit hair roon aboot it, and fae the right angle it looked like Johnny Neeskens in the Dutch team in the 1974 World Cup.

"The doctor wis puzzled and, jist in case, pulled on an extra pair o latex gloves, but still widna touch it. He rolled it ower ane o thon lolly stick things he uses on yer tongue when he looks at yer throat, and I hope that he uses a new ane next time I've got a sair throat." Morrice the butcher's brither looked alarmed at the thought, but continued. "The doctor then started to whittle doon the reasons for the odd hue o Jim the Jute's tangerine-tainted tadger.

"He spiered, 'Have you changed your diet recently, Mr Jute?' Jim the Jute replied in the negative, explainin that he wis weel-nourished on a diet o Aitkens' fine bakery products, and Morrice the butcher's potted heid, sassidges, frilly tripe and diploma-winnin mealy jimmies, as weel as the royal repasts he enjoyed affshore. 'Have you suffered any other symptoms, then? Any change in your urinary habits?' Jim the Jute explained that the only time his pishin habits changed wis when he wis in the boozer wi us lads and had sunk mair than fower pints and his desire to ging to the lavvie increased exponentially.

"The doctor then tried anither tack, 'Er, what about sex, Mr Jute? Have you had casual intercourse with any man or woman recently, whose sexual history you may not be aware of and who may have passed on some exotic uro-genitary lurgy to you?' Jim the Jute explained that although he wis nivver sure far Forfar Meg had been, she aye had a wash afore he ivver did the business wi her, but in fact that his last such dalliance had been ower a year ago, since she'd gone upmarket and wis now a table duncer at The Broadsword Gentlemen's Club in Tillydrone.

"The doctor wis getting mair and mair puzzled. 'How about hobbies, Mr Jute? Do you have any hobbies which may cause your hands to impart some chemical to your genitalia when you urinate? I have seen examples of men who pick up undetectable dye from, say, golf balls which have rolled along a weedkiller-treated fairway, and have had an effect on more sensitive parts of the body. Do you think that's a possibility?'

"Jim the Jute replied that he didna hae ony hobbies, and that he wis affa worried aboot the state o his tackle, and that he wis hopin that the doctor wid be able to help him, but it lookit like it wis a waste o baith their time. 'No hobbies at all Mr Jute?' enquired the doctor, 'so what do you do with all your spare time?'

"Jim the Jute looked up and telt the doctor, 'When eh come hame fae meh job affshore, eh sleep for twa or three days to re-acclimatise efter the North Sea shift pattern, then eh get so bored that eh spend maist o meh time watchin the porn channel on Sky and eatin cheesy Wotsits.'"

And wi that, Morrice the butcher's brither went intae anither uncharacteristic spasm o laughter. Until I reminded him it wis his roon. Only then did he return to the grumpiness we're mair accustomed till.

Fool Annie

SOME years ago noo, Morrice the butcher's brither wis invited oot by Fool Annie for a stroll in the country, up Whitestripes wye, lang afore Wimpey built a' these monstrous concrete boxes.

Morrice the butcher's brither, kennin the quine's reputation, went wi her, hopin that he'd get the opportunity to mak the beast wi twa backs (or at least the beast wi one back and an affa humpy ane) wi her.

Fool Annie's reputation? Well, let's jist say that trawlermen DID blush at some o the things she wid say in The Royal Oak of a Friday or Setterday nicht...

Onywye, Morrice gaes roon by her flat wi the message bike and taks her oot.

Ever the gentleman, he gies her a lift in the front cairrier, havin wiped awa the worst excesses o the potted heid run-aff wi a distinctly bacteria-ridden hanky he kept in his pooch.

Afore lang, they reached Grandholm and he parked the bike, took aff his clips, and airm-in-airm they set aff for a romantic dawdle through the abundant beauty of the deciduous greenwoods that covered this delightful oasis, a mere few miles from the boundaries of the bustling commercial metropolis that is The Silver City by the Grey North Sea.

As they got deeper intae the wids, Morrice the butcher's brither grew mair and mair amorous.

Eschewing his normal seduction routine of: "Fit's the chunces o a shag?" followed by "OK so you dinna wint a ride but foo aboot lyin doon while I hae ane?", he elected to whisper endearments into the ear of the fair Fool Annie.

What these endearments were have been a secret long held by only the pair, but they are thought to have included such treatises as: "Drap yer dra'ers and ye'll get twa extra sassidges on Thursday's delivery," and "Gie me heid and I'll gie you potted heid."

Some physical treat was promised, but Fool Annie wisna giein her virtue awa yet (in point of fact it had been gien awa to three boys that came to deliver Duncan's Coal to her auntie's hoose when she wis 13). She wanted to wait for the right moment.

Hand in hand, they dandered by the outflow pipe fae the Steenywid Paper Mill, a' the while Morrice the butcher's brither entreating her to give in to him.

On doon past the dubby bit aside the Don far the Grandholm fishins end and the Dyce water starts.

Efter twa or three mile, he could stand it nae mair. Her coquettish ways were building the frustration in him to such levels that his very hump was seen to throb visibly under his blue and white strippit butcher's brither's coat.

He was to be denied no longer.

Spying a stile over a nearby fence, Morrice the butcher's brither ushered her that way. Without saying a word, he bent her forwards over the wooden fence crossing and yanked her underwear off with one swift move of his right hand.

Thrusting forward, he felt that he'd hit the jackpot as he entered an orifice. Unfortunately for the by now rampant Morrice the butcher's brither, he was copulating with a knothole in the stile.

Fool Annie, as keen as he was, shouted out,

"Morrice the butcher's brither! That's the stile!"

"Aye," peched Morrice the butcher's brither, grinning as he thrust harder, "I'm the fuckin kiddie, eh?"

The Torry wye

MANY many years ago, when Morrice the butcher's brither was but a strapping young loon, he and several o the radges heidit for London. The occasion? The Wembley weekend.

On tae the fitba special train at Aiberdeen Jint Station they piled, eager to get to the big city doon sooth for a weekend o carousing and wi the added bonus o giein the English a leatherin at oor game, the game that they will never maister.

Onywye, the journey itsel wis fairly uneventful. Johnny Norrie fell asleep in the lavvie wi the door lockit roon aboot Morpeth, and the drunken bugger wis deid to the world until jist afore the rattler pulled into Kings Cross at eicht in the morning. Although there were ither lavvies on the train, this didna deter the radges fae complainin and girnin to Johnny Norrie that they had to pish oot the windie a' the wye fae the north east o England to the capital city itsel.

In fact, Bobby Bland wis stourin oot the windie as the train slowed doon tae ging through Grantham, and with it bein the birthplace o the evil haggard she-devil and wrecker of lives Margaret Thatcher, he wisna alone. Twa aul wifies waitin on the platform for their early morning connection to Lincoln issued a complaint to the station maister that his roof wis leakin and they were sipin weet.

Bandy the Bobby wis in the traivellin pairty. Oot o uniform, he wis as hallyracket as the rest o the radges on the trip. Touchin cloth he wis, but he couldna rouse Johnny Norrie fae his lavatorial slumber, nae doot dreamin o goin through a doorie in Aul Torry. So the redoubtable constable drappit his breeks, bared his erse, and wis in mid action when they trundled through Doncaster. The railway boy on the platform wis enraged.

"Hey you wi the baldy heid and the cigar, get yer heid in the windie," he roared as Bandy's erse winkit at him.

In London, the radges entered the festive spirit unique to a Wembley weekend. Whereas neen o them wid ivver have dreamt o jumpin fully claithed intae the been-chillin North Sea ower at Nigg Bay, they thocht nothing o dookin in the fountains in Trafalgar Square. Whilst neen o them wid have walkit fae Mansfield Brae as far as The Anchorage Bar, and wid have hired a taxi for the job, they thocht nothing o walkin fae the West End oot to Wembley, Middlesex, hame o Keith Moon, to catch the game. The crowd carried them along, and three mile fae the stadium, traffic couldna move along the streets, crowded as they were, pavement to pavement, with weel-iled, good-humoured Scottish fitba fans.

OK, so we lost. 1-0 as it happens, but the game itsel wis almost immaterial. It wis the Setterday nicht oot in London that wis the main event o the weekend. A tube fae Wembley back to the West End and the boys, especially the radge posse fae Aiberdeen, were ready to gie the city big licks.

Every boozer wis hoachin wi Scots on the razz. Bars ootside London's maist prestigious theatres, normally the haunt o weel-to-do upwardly-mobile Kingswells types, were owerflowin wi tartan-bedecked Whitbreid and Watney's Reid Barrel sweelin Caledonians. And neen were mair up for it than Morrice the butcher's brither and the loons fae the North East.

A' evenin they stood jam-packit in various bars throughoot the west end, singin aboot Bonnie Scotland, Jimmy Hill, Bobby Moore, the Royal Family and, bizarrely, The Bonnie Lass o Fyvie. Very little trouble, jist high spirits and excessive consumption.

As evening drew on and nicht closed in, a few o the radges decided that it wid be in order to hae a dander doon Wardour Street in Soho.

"It's a wonder Fool Annie and her posse o hoors isna doon for the upturn in business that the influx of Caledonian sporting ambassadors will bring," mused Morrice the butcher's brither as he squinted to read the cards plaistered in the nearest phone box. "This is jist like a walk along Waterloo Quay when the navy's in port. Wa' to wa' slappers."

Fit happened next wis telt and re-telt on the wye hame on the train, and kept Morrice the butcher's brither in rum and Crabbies for months efter he went hame, so eager wis abody in The Grumpian Bar to hear the tale.

He and Bobby Bland got separated fae the ithers, and decided to try their luck in a hoose o ill-repute.

"Yes gentlemen, and how may we help you this evening?" enquired the quine at the reception desk. "Can we interest you in the company of some of our delightful and fragrant young ladies, who are eager and willing to cater for your every need?"

"Soonds a'richt tae me," said Morrice the butcher's brither, "Fit aboot you Blando?"

"Why nae?" enthused Bobby Bland. "It's nae ivvery day we're in London, and the result wis affa disappointin, us haein come a' this wye, so we micht as weel mak a nicht o it."

The madame rang a bell and fifteen affa bonny quines paraded in front o Bobby Bland and Morrice the butcher's brither. The choice wis mooth-waterin, and afore lang, Morrice the butcher's brither had selected an affa cheery and weel-roonded dark-haired craitur with whom he wid spend the next twa oors and the business end o a hunner quid. Bobby Bland wis a bit mair cautious, however.

"I'm from north of the border," he declared, "from the city of Aberdeen as it happens, and I would awful like a quine who will be willing to perform the act with me in The Torry Wye."

The madame looked at her concubines. "Any of you girls familiar with what this gentleman is asking for? Can any of you meet his needs and do it The Torry Way?"

A' doon the line heids were shaken. The quines murmured to each ither, made suggestive signs, but they a' had to confess that neen o them had ivver heard o The Torry Wye. A' they kent wis that it sounded affa exotic, like something oot o the Kama Sutra, or as it's kent in Aiberdeen, the Kama Shipra.

Eventually, a shy-lookin young cutie looked up coquettishly and said, "I'll do it, I'm familiar with the technique."

Bobby Bland wis delighted. The twa o them went up the stair hand in hand, and entered the tastefully-lit sensually-decorated chamber.

"I've got a confession to make," whispered the quine in Blando's lug, "I'm brand new to this game, and I really am not sure about what it is I'm meant to do. I'm eager to please, and even more eager to learn every technique. In fact," she continued, rolling her tongue sensuously aroon Blando's ear lobe, "If you show me The Torry Way, I'll do it with you for nothing."

Bobby Bland grinned fae lug to lug, "That, my darlin," he smiled, fair-trickit wi himsel, "IS The Torry Wye."

Hemmin Elvis

MAIR years ago than he cares to mind on, Morrice the butcher's brither wis tryin to impress the quine that is the current Mrs Morrice the butcher's sister-in-law.

Throwin his bike clips intae the corner o the back shoppie ae Friday nicht, Morrice the butcher's brither turned to his brither, Morrice the butcher, and said, "Ye ken this, Morrice the butcher, it's time I had a holiday. For 12 years I've been scrapin beens, mixin sassidge meat, tyin strings o mealy jimmies and swickin the scales when weighin oot the tatties. In a' that time, I've spent oors clatterin aroon the streets and back lanies o Torry on that uncomfortable and dangerous aul hoor o a message bike, riskin life and limb wi that ferocious spring on the wifie Crombie's gate and haein ma ankle nippit by that savage wee bugger o a Jack Russell in the hoose next to the jile. I think I'm sufferin fae stress, and if ye dinna want potentially disastrous events to tak place, perhaps mealy jimmy mixture in the sassidges and best silverside in the steak pies, ye'd better consider me haein a wee sabbatical fae the endless drudgery that is butcher's brithery."

Morrice the butcher was a bit teen aback by this outburst fae his sibling and he promised to think aboot it. Next day he gave his answer, and Morrice the butcher's brither wis gien three hale weeks aff. Ernie Winchester wis brocht in as his replacement.

Morrice the butcher's brither had a brainwave. To impress the future Mrs Morrice the butcher's sister-in-law, he'd whisk her awa on the trip o a lifetime to Las Vegas. And wi his connections he wis sure that he could arrange for an extra special treat for the quine that he had set his heart on.

These connections? Well, he kent the boy that owned the

scrappies ower in Persley, havin spent dizzens o Sundays ower there strippin bits aff an aul Austin J4 van as replacements for the bobbie's dream that lay rustin in the back yard o Morrice the butcher's shoppie. This boy had connections wi the King (no, nae Joe Harper ye bam, Elvis).

It seems that when Elvis touched doon briefly at Prestwick, en route for Memphis on demob fae his National Service on 1 March 1960, he spied an advert for The Persley Scrappie in a copy o their trade magazine that had been left lyin aroon the airport. At first glance, Elvis thocht it said "Presley Scrappie" and ordered ane o his entourage to seek this place oot and trace his Scottish family tree. Three months later, the phone rang in the sheddie at the yard, and the boy wis astonished to hear Elvis on the ither end o the line, sayin "howdy" to the boy he assumed to be his long-lost cousin. Fae then on, despite there bein nae obvious connection, they kept in touch, and the scrappie boy eence even managed to find a track rod end for a Cadillac that Elvis gave to Priscilla as an anniversary present, when the Cadillac factory wis shut doon for the Detroit Trades fortnicht.

Wi this connection, Morrice the butcher's brither wis able to secure a couple o tickets for an Elvis show at the Vegas International, tickets that were as rare as a hun wi an O Level. Gien that the intended Mrs Morrice the butcher's sister-in-law wis a huge Elvis fan, this wis guaranteed to impress.

They flew fae Scotland to Memphis. Touched down in the land of the delta blues in the middle of the pouring rain. Morrice the butcher's brither thocht he'd deit and gone to heaven. He visited Beale Street, Maclemore Avenue and said "Hi" to Willie Mitchell, Dan Penn, Spooner Oldham and the Reverend Al Green at their studios. They gazed through the gates of Graceland, kennin fine that they were only yards fae bein in the very presence o the King of Rock n Roll.

On the connectin flight to Las Vegas, Morrice the butcher's brither produced the tickets for the Elvis gig. The future Mrs Morrice the butcher's sister-in-law wis near greetin as she held them in her haun, unable to believe that afore lang, she wis to be in the same room, breathin the same air as her idol.

Next mornin, Morrice the butcher's brither wis up early. He had a hankerin to hae a lookie at the meat-related fare on offer in the desert city, and maybe sample the US recipe potted heid wi the plan o maybe introducin a new exotic range to his brither's Torry butchery. A' to nae avail though. It appeared that the yanks were only interested in steak and hamburgers. Delights such as bilin beef, haslet, frilly tripe and mealy jimmies were a mystery to our cousins across the Atlantic. Nae one shop selt sheep's heids, excellent for makin stock for the soup. ("A sheep's heid, Mrs Ross? Certainly. I'll leave the eyes in and it'll see ye through the week.") It wis a disappointed Morrice the butcher's brither that went back to the International Hotel.

He wis jist roon the corner fae the front door o the hotel when he spied the side door, leadin, as it turned oot, to the ballroom, open. He nippit in for a look.

They were settin up the stage for that nicht's appearance by the Tupelo Mississippi Flash, and to Morrice the butcher's brither's disbelief, there in the corner, working his wye through a pile o cheeseburgers, wis Elvis himselvis. The King Of Rock n Roll looked up, jist at that moment, and spied Morrice the butcher's brither stannin open-moothed across the room. He beckoned Morrice the butcher's brither ower. Nervous as a first time Craigie inmate at shower time, he stumbled ower to far Elvis wis sittin.

Shooin his minders awa, Elvis shook Morrice the butcher's brither's hand and offered him a cheeseburger, explaining that the life he'd had to live since his success meant that it was rarely that he got to meet ordinary fowk, the gadgies that bocht his records, and that he wis richt glad that Morrice the butcher's brither had stopped by.

When he found oot that Morrice the butcher's brither and the future Mrs Morrice the butcher's sister-in-law had tickets for that nicht's show, he said he'd look out for them and pop doon to their table to say hello.

"Elvis, min," said Morrice the butcher's brither, a tear wellin up in his ee for the first time since the Dons lost to Hibs in the Summer Cup Final in 1964, "that wid fairly mak my trip, and the intended Mrs Morrice the butcher's sister-in-law wid be overcome."

"Leave it to me, buddy," said The King, "and have a nice day now, y'hear?"

That nicht, Mrs Morrice the butcher's sister-in-law, as she was to become, had never been so excited. Tonight was the night that she was to see Elvis Aaron Presley, Sun and RCA recording artist, the King, in the flesh.

The lights dimmed. James Burton, Glenn D Hardin and the rhythm section started that rockabilly riff forged in the white heat of Sam Phillips' Sun Studios in 1954. A single spotlight hovered on the wings, stage left. And suddenly, there he was, cutting straight into Arthur Crudup's Since My Baby Left Me, seguing into That's All Right. As the final chord died away, the International audience was on its feet. DUH-DUH, that A-b-A riff

rang out and the audience exploded as Jailhouse Rock opened, Elvis grinning, his face already sweat-soaked and his rhinestoned jacket open to the waist as he gyrated his way through hit after hit.

Then he asked the band to take it down, and he sang some ballads. I Can't Help Falling In Love, In The Ghetto and Crying In The Chapel never sounded better as he moved among the tables of adoring Elvis addicts.

Then he neared Morrice the butcher's brither's table. Recognising him from their conversation earlier that day, Elvis made a beeline to the table occupied by Morrice the butcher's brither and his intended, the fragrant Mrs Morrice the butcher's sister-in-law, who was dumbstruck by the look of intent and recognition in her hero's eyes.

As the band continued to play, Elvis said into the microphone, "Friends, I'm delighted to see here tonight in the Vegas Hilton, my Scottish friend, Morrice the butcher's brither, and his lovely girl."

And turning to Morrice the butcher's brither, Elvis said, "Hi Morrice the butcher's brither, great to see you, thanks for coming, how are you?"

To which Morrice the butcher's brither replied, "Fox ache min Elvis, nae jist noo, can ye nae see I'm wi my bird?"

The "Gates" of heaven or hell

MORRICE the butcher's brither wis lettin rip wi some allegorical anecdotes last nicht in the newly deen-up King's Bar. I dinna ken if it's a lie or nae, but he said he wis scrubbin the marble slabs in the back shoppie o his brither's potted heid and corned beef outlet when he heard an unusual accent.

Through tae the front shop he shuffled. The boy's accent wis familiar enough, bit it wisna fae Torry. Establishin through close questionin that the boy wisna fae Rosemount or Cattofield, he opted for Seattle. He wis richt.

Apparently it wis some boy Gates that sells computers and he wis layin forth aboot a near death experience he'd had nae twa or three weeks ago, as Morrice the butcher sliced him a half pun o calf's liver and held his hauns on the scales as he said "6 ounces a'richt?", it a' the time bein only 4.5 ounces, the swickin aul rogue.

It seems that the boy Gates dreamt that he had died and gone up to the Pearly Gates (ha!).

St Peter, the bouncer, looked him up and doon, for they enforce a strict dress code up the stair, and findin that the geek wis wearin neither trainers nor jeans, he lookit doon the list attached to the clipboard.

"Na na, min," responded the anointed one, "nae mention of nae Gates on here. Hing on, I'll see fit we've got doon for next wik. Hmmm, oh aye er, well, look it seems the warehoose has ordered ye ower early and we operate a strict Jist In Time policy, so we've nae room for ye iv noo."

"Fox ache min," says Bill Gates, "an fit the hell div ye think I'm goin tae dee until next wik?"

St Peter wis embarrassed, but using the empowered status

invested in him by The Supreme Deity following a radical move in the organisation's culture and concomitant effect on prevailing management style, he made a customer offer. Simply this: Gates could hae a look at heaven and hell and take his pick.

He went in the gates and had a look. Athing seemed pleasant enough. Abody had their ain cloud, there wis an air of peace and calm, ney serenity, and atmospheric understated harp music offered a sombre but natural ambience to the place.

Next, Bill took the lift doon. Openin the door at the bottom, he was surprised to find that he had disembarked at a place not dissimilar to his favourite golf course at home. It was sunny, there was a sky bereft of even a single cloud and the air of stillness and calm reminded him of his relaxation time back in Seattle.

Jist then, he wis approached by a swarthy-lookin chiel wi a black beard and what looked like horns under his hair. Wis that a tail hingin oot fae the back o his yalla checkit Lyle and Scott breeks?

"Aye aye min," says the boy, "I'm Nick. Some ca me Aul Nick since my loon Nick arrived on the scene. Wid ye like a game? We're a man short."

Gates wis impressed, but he hid nae gear wi him.

"Nae fear," says Clootie, and fae the back o his 4x4 produced a full set of top o the range sticks, a pair of shoes and the ither accoutrements that the golfing fraternity seem to need.

Gates had the day o his life. Partnered wi Satan, he began to see why that character, banished from heaven by a vengeful gaffer after challenging his decision to gie his loon the foreman's job, was so memorably portrayed by Milton in Book 2 of *Paradise Lost*. The man, or fallen angel, was a golfing phenomenon. Gates' game too was raised by playing in sic elevated company and he finished with 4 straight birdies for a scratch 73 (the SSS was 71).

At the end, the Devil says, "Weel played Wull, div ye funcy a beer?"

Into the 19th hole they strode and enjoyed several nectar-like ales, which according to Morrice the butcher's brither only had their equivalent in those sunk in a oner in The Feughside Inn near Strachan the nicht that we ran up and doon Clachnaben, but that's anither story.

Midway through the evenin, some boys rolled up in a diesel Transit van. Oot came Jimi Hendrix and T-Bone Walker, wi Charlie Christian bringin up the rear. John Rostill fae The Shadows and Duane Allman took guitar cases oot o the van and began settin up as weel and Marc Bolan and Keith Moon pulled up in a 1959 Ford Zodiac soon efter.

Then in walked Mrs Nick and a couple o her buddies. The devil ordered a table for dinner. A fantastic repast wis had. The finest seafood that could be imagined was brought before them, then a main course of the most succulent and well-prepared steaks with a side dish of salad, Dunbar Rover early tatties and Morrice the butcher's mealie jimmies, followed by the wickedest chocolate dessert ever created.

The band struck up. Eddie Cochran joined Bolan on vocals on Get It On, and Janis Joplin guested and sang lead on Piece of My Heart. Kurt Cobain dropped by and said "Hi" to his fellow Seattle former resident.

There was dancing, cocktails, bonhomie, wit, fine repartee, fine claret, single malts of indeterminate vintage but of superb palate. The evening, in short, of Bill Gates' (after)life.

Bidding his new friends a fond farewell and with the slide guitar of Duane Allman emoting a poignant "Will Ye No Come Back Again?" Bill realised that he would shortly have to make his choice for his eternal dwelling place.

He appeared at the Portakabin occupied by St Peter again.

"Had a good look roon, then Mr Gates?" speired the saintly one.

"I have that," says the Windows magnate (nae to be confused wi Bryan Fits'isname fae Bon Accord Glass), "and, on balance I think I'll go back doon the stair. Heaven seems OK, but nae a patch on the lifestyle doon in Hades. Sorry to disappoint."

"Your choice," shrugged Peter. "But mind, it's for eternity..."

So Gates jumps into the lift and presses the button for the Basement. Doon he plunges and the door opens.

There, instead of a designer golf course and sunny Atlantan weather, he feels the intense heat immediately. The smell of sulphur is overpowering. The tortured screams of thousands of damned souls rend the acrid air.

There, waiting to greet him, with white hot trident in place of 4 iron, wis Aul Nick.

"Welcome back, Bill," says the devil, powkin in the erse a poor unfortunate chained to the red hot wall.

"B-b-b-b-but it wisna like this last wik, Nick min," says Gates. "The golf, and state of the art clubs. I nivver even went in the rough. Then the glorious ambrosia-like pints. The house band in the clubhoose. Nick min, the duncin – I even dunced wi your wife. Fit's happened?"

"This, my dear Wull, is reality. Last wik wis the demo..."

Fit a puddin min

MORRICE the butcher's brother wis affa doon in the mou' when I met him for a pint on Sunday dennertime. As weel as the disappointment of Setterday's defeat by Rangers, felt by everybody in the pub (nae Huns in OOR boozer), there wis obviously something else troubling the geometrically-spined scallywag.

Eventually, efter twa or three pints, a syrup saftie and a bag o Hula Hoops, he started to confide in me as to fit wis the maitter. It seems that he and Mrs Morrice the butcher's sister-in-law were haein trouble in the bedroom department. Fae fit I could gather, he wis wintin mair nor she wis willin tae provide.

Well, as regular readers will ken, a' a body need dae is spend a whilie in Morrice the butcher's shoppie, that renowned retail outlet for delicacies such as potted heid, mealy jimmies and haslet.

It wis said eence by a philosopher (or perhaps it wis jist a drunk boy in The Double 2) that "If ye staun in Morrice the butcher's for lang enough, the world passes through." And sure enough, last Tuesday, renowned Torry sexpert, Geordie Gusset, a keen amateur gynae... gyneac... gyni... fanny doctor popped in for a large saveloy.

Morrice the butcher's brither wis busy in the back shoppie, weighin oot and baggin carrots, each bag claiming to contain a kilo, but as you and I ken, there's feint the kilo there, since Morrice the butcher insists that Morrice the butcher's brither keeps his heavy hands on the scales when he's daein the weigh-up. Morrice the butcher has a little-kent ambition to jine Gap and Macdonalds as international capitalists, and sees swickin wifies oot o a carrot as the tiny acorn from which a gargantuan global potted heid empire oak will grow, with branches in Peterheid, Milltimber and, to keep the teuchters happy, a twig in Auchnagatt.

Onywye, he heard Geordie's voice in the shoppie, and shuffled ben to ask advice o the Girdleness gynac... gynic... gyneac.... Mansfield minge medic.

"I hiv a freen," began Morrice the butcher's brither, "who has confided in me that he and his wife have differing libidos. In short, I er I mean he is more highly-sexed than Mrs Morrice er I mean the boy's wife. Nae only are their needs, their desires and their ideal frequencies per week different, he feels that she's nae comin ower wi the full package, by which I mean, the only heid she is interested in giein is the potted heid at suppertime."

"Ah, Morrice the butcher's brither," expostulated the Sinclair Road sexual sage, "it is the duty of the male in the partnership to make the experience an attractive proposition for the demure submissive female. You have to woo her, make her feel special, and make her want to share in the pleasure that you so obviously desire. A propos the particular circumstance of what our friend Fool Annie refers to as sooky sooky, the aesthetic attraction will tempt Mrs Morrice the... er sorry, your friend's partner, to participate fully and enthusiastically in this intimate experience."

"Aye, I think I ken fit ye mean," offered Morrice the butcher's brither, making a mental note to change his underwear when he got hame, "but can ye be a bittie mair specific?"

"Well, good food is an aphrodisiac. Not only is the way to a man's heart through his stomach, the same applies equally to the female of the species," continued the expert, fingering the saveloy, wrapped in a copy of last week's People's Journal, in a suggestive manner. "When a woman sees delicious, well-presented food, she will be unable to resist having a taste, and like a box of Dairy Milk, once she has had a petit soupcon of the delight on offer, the whole lot will be swallowed in no time."

"Can ye be a bittie mair specific, min?" enquired Morrice the butcher's brither.

"Erm, ahem, well, if there's a particular body part that one might want attention given to, er, one could, for example, cover its length in butterscotch flavour instant whip, add some fresh whipped cream, and to top it off sprinkle on some crumbled flake.

"That's merely one idea. There are others..."

"Na na, that'll dae jist fine min," replied Morrice the butcher's brither, and he dropped his voice to a whisper. "For that advice, I'll drap in an extra half pun o sassidges when I deliver yer order on Thursday."

For the rest o the day, Morrice the butcher's brither was in cheerful mood, although it is worth bearing in mind that all things are relative. Rather than physically abuse the loon that came in to help efter the school, he confined his abuse merely to the verbal, reminiscent of the cheerful banter with which he used to greet John Inglis' arrival on the verdant lushness of Pittodrie. It seemed to observers that he was looking forward to something...

On Thursday, Morrice the butcher's brither wis dirlin aroon

Torry on the message bike, dispensing butchermeat and insults, ancillary foodstuffs and verbal aggression. It seemed that he was back to normal. Second last stop on the roon wis Geordie Gusset's hoose. Morrice the butcher's brither took the broon paper parcel fae the cairrier o the message bike and chapped timidly at Geordie Gusset's door.

The portal swung open, to reveal a beaming Geordie Gusset.

"Well, min, Morrice the butcher's brither, foo did ye get on?"

"Eh?" replied the humpy-backit pork roundsman.

"You know the advice I gave you the ither day. Did you dae as I advised?"

"I did that," offered Morrice the butcher's brither. "I went hame, had a sweel in the scullery sink, put on a clean vest and dra'ers, and telt Mrs Morrice the butcher's sister-in-law that I'd be in the bedroom and she wis to come up in ten minutes. Minding yer advice I made up some butterscotch flavour instant whip, and piled it aroon my aul fella, added some fresh whipped cream, sprinkled on some crumbled flake and, as a finishing touch, put a glace cherry on the top."

"And she gave you your heart's desire?" enquired the panting Geordie.

"Nothing o the kind," responded Morrice the butcher's brither. "It looked that delicious I ate it masel."

A stroke of luck

MORRICE the butcher's brither telt me that a few weeks ago he met his auld pal Jim whilst staggering hame fae the Rats Cellar one fair evening.

"Aye aye Jim," quoth the humpy-backit butt of many a tale.

"Na na, Morrice the butcher's brither min," retorted Jim. "Ye've tae ca me Lucky Jim fae noo on."

Morrice the butcher's brither wis intrigued. Had Jim found oot that he was the rakish protagonist o Kingsley Amis' seminal novel, or fit the hell wis he spikkin aboot, a question that Morrice the butcher's brither asked withoot further ado.

"Been affa lucky. Went to the bingo wi the wife and her mither last wik, and got the fower corners on the snaabaa roon. Twa hunner and fifty bar in the hipper," was the response from the beaming Lucky Jim.

Morrice the butcher's brither congratulated Lucky Jim on his brush with fickle Dame Fortune, and headed hame to Oscar Road for a rendezvous wi a muckle plate o potted heid and mashed Kerr's Pinks.

The very next week, Morrice the butcher's brither wis in the Health Board Social Club, haein a pint and avoiding meeting up wi drunks like Blin lemon, Ernie Winchester and Johnny Norrie. Up strolls Lucky Jim.

"Are ye for a drammie, Morrice the butcher's brither?" asked the newly-anointed Prince of the Kingsway.

"Very civil o ye," retorted the meat purveyor's sibling, "I'll hae a brandy, Lucky Jim."

"Na na, Morrice the butcher's brither min," retorted Jim.\ "Ye've tae ca me Lucky Lucky Jim fae noo on."

"Michty me, have ye hid anither hoose at the Kingsway, then Lucky Lucky Jim?" asked oor freen.

"Better than that. Me and the twa brithers went tae Perth races last wik. Couldna believe it. Through the card. Eight cuddy accumulator at 5600-1 – £56,010 quid back for a tenner stake. We were blootered for days celebratin. Hae a double, Morrice the butcher's brither. On me."

Morrice the butcher's brither savoured the large Cognac and was delighted for his pal Lucky Lucky Jim.

Well, help ma boab if a month efter that, Morrice the butcher's brither wisna waitin on Pittodrie Street for Snuffy Ivy's brither tae arrive wi the complimentary tickets for the midweek game against St Johnstone fan a stretch limo came roon the corner. It slowed doon next tae Morrice the butcher's brither, the windie came doon and oot popped Lucky Lucky Jim's heid.

"Aye celebratin the accumulator I see," said Morrice the butcher's brither. "That's a fine wye tae traivel tae the game, Lucky Lucky Jim."

"Na na, Morrice the butcher's brither min," retorted Jim. "Ye've tae ca me Lucky Lucky Lucky Jim fae noo on."

"Anither big win on the fair chargers o Perth?" enquired Morrice the butcher's brither, secretly and disgustedly screwing up the Ladbroke's losing line in his pooch fae that efterneen's disaster.

"Oh much better than that triflin sum," responded Lucky Lucky Lucky Jim, lighting a large Havana wi a tenner. "Twa lucky dips on the Lottery at McRuvie's Shoppie last Setterday nicht jist afore the Lottery shut fan I wis roon collectin my Green Final. Hame, poured masel a dram, sat doon and enjoyed the evenin telly.

"Jist afore I went to my bed I howked on Teletext. Fuck me! Six numbers up on my first line and fower on the second. Rollover wik ana! 18 million, four hunner and forty three thoosan twa hunner and eicht poun! I've bocht an executive box and I'm thinkin o pittin in an offer for the hale o the Richard Donald Stand. Are ye comin up the stair for a sesh?"

Morrice the butcher's brither declined Lucky Lucky Lucky Jim's kind offer, as he recognised the staggering gait o Snuffy

Ivy's brither Snottery Ivan stotting doon fae The Caley Golf Club.

"Whit a streak o good fortune my mate Jim's had though," he mused as he took his seat in the Wing Stand and began to berate Derek Whyte's defensive qualities in his own inimitable and highly-offensive style.

It wis aboot a month later and intae the close season that Morrice the butcher's brither wis careerin roon Kerloch Place on the message bike, intent on getting the mealie jimmies delivered afore Today At The Test came on.

He nearly knocked ower Lucky Lucky Lucky Jim as he stepped off the pavement.

Scuffing his Caterpillar beets along the road to arrest the forward progress o the message bike (Morrice the butcher's fleet maintenance budget disna run to such foppish fripperies as brakes), he shouted: "Aye aye Lucky Lucky Lucky Jim, foo ye daein min?" at his aul mate.

"Na na, Morrice the butcher's brither min," retorted Jim. "Ye've tae ca me Lucky Lucky Lucky Lucky Jim fae noo on."

Morrice the butcher's brither gasped in astonishment.

"Fit wis it this time then Lucky Lucky Lucky Lucky Jim? Bingo? Cuddies? Anither lottery scoop?"

"Na na," replied Lucky Lucky Lucky Lucky Jim. "Me and Mrs Lucky Lucky Lucky Lucky Jim wis feelin a wee bit frisky last nicht and we hid an early nicht. Ae thing led to anither and as I was making her oooooh and aaaah in the missionary position, a great hoor o a lump o plaster suddenly dislodged itsel fae wir artexed bedroom ceilin and hit me slap bang square on the bare erse."

Morrice the butcher's brither wis puzzled.

"And fit wye is that lucky, Lucky Lucky Lucky Lucky Jim? That surely pales into insignificance in contrast to yer remarkable streak o good fortune at the bingo, the races and the Lottery?"

"Well, Morrice the butcher's brither, as I said, it hit me on the bare erse. Lucky it didna dislodge itsel and fa five minutes earlier or it wid've hut me on the back o the heid."

Dublin in York...

MORRICE the butcher's brither wis on holiday last year in York. Och, he'd enjoyed it fine, he telt me. A bonny boat trip doon the Ouse as far as the Bishop o York's hoose, a wander through the bric-a-brac shoppies on the Shambles, an interesting efterneen in the York Dungeon and the Viking Exhibition. Anither day he went to The Railway Museum, and then a bussie roon the toon on a guided tour.

He even took the train to Leeds for the Headingley Test ae day and met in wi a pile o rogues doon fae Aiberdeen for a few days watching the cultured athletic chess on show and enjoying the satisfying thwack of willow on leather, atween pint upon pint o good Yorkshire ale.

The day efter that, he wis a bittie hungover like, and decided to try a hair o the dog jist afore dennertime, and his daily ritual o potted heid (he took his ain wi him since they canna mak the stuff doon there) and tatties.

He wandered into this pub he'd never been in afore and was given a cheery greeting by the ruddy-complexioned mine host ahin the bar.

"And what can I get you, my good man?" asked the chiel servin.

"Decent o ye," said Morrice the butcher's brither, "I'll hae a gless o Macallan," and with one single movement downed the measure of that fair Archiestown (some say Kabul) nectar, awakened after 18 years of slumber in a sherry cask in that peaceful haven west of that mighty fast-flowing prince of rivers, the Spey.

"That'll be £2.60," said the barman, impressed at Morrice the butcher's brither's homage to the Bold John Barleycorn.

"I dinna think so," opined Morrice the butcher's brither,

swatting a bluebottle fae his hump wi a copy o *The Yorkshire Post*. "I assumed that your opening gambit of 'And what can I get you, my good man?' constituted an offer of a drink for which you would stand good. I fair enjoyed it as weel, and if you'd care to jine me in a chaser til't, I'm stannin my haun."

The barman was enraged. "You bloody Jocks," he offered, "mean as the bloody day is long. Get out of my pub and never darken the Theakston's doormat again!"

Morrice the butcher's brither was taken aback by this retort, and left the bar forthwith, shaking his heid sadly at the poor hospitality on offer, and wondering what the world had come to. Efter a', if his brither, Morrice the butcher, had enquired o a wifie comin into the legendary Diploma-winning mealy jimmy emporium, "Fit can I get ye missus?", he'd expect customers to refuse to pay. Hence Morrice the butcher's mair usual greeting of, "Fit ye wintin then the day wifie?" Customer care, you see, is not alien to the good burghers of Aiberdeen's southern trading neighbour.

So, he hatched a plan.

The followin week, he took the bairns up to Flamingo Land for the day. A day on and off the dodgems, the waltzers, the cable car and ither fairground delights. The dolphin show, the zoo and the fireworks display. By the time that had a' teen place, Morrice the butcher's brither wis chokin for a dram.

Efter drappin Mrs Morrice the butcher's sister-in-law and the bairns aff at their hotel, he wandered roon to the same pub far he'd had the altercation the week afore.

He hidna teen mair nor twa steps inside the door fan the boy ahin the bar roared, "Get out! Don't take another step in that curious deformed gait!! I told you last week. You're barred!"

In light of that final phrase, Morrice the butcher's brither wis tempted to quote a line or two fae Burns, or a stanza or two from King Lear, but he thocht better o it.

"I'm awfully sorry," countered Morrice the butcher's brither, putting on one of the accents for which he is a legend in his ain imagination, "but I'm afraid to say that I have never before set foot in this charming establishment. I am on holiday in your beautiful city, and feel the need to partake of some refreshment before turning in for the night."

"You were in here last week," shouted the barman, "and tricked me into giving you a drink for nothing. I told you then that you should never again set foot in this establishment. Get out before I call the police."

"I'm very sorry my good man," retorted Morrice the butcher's brither, "but I only arrived in the fair city of York this afternoon." And, playing on the sympathy vote, he continued, "Last week, I was in hospital recovering from yet another operation on my spinal deformity."

The publican was taken by surprise.

"I'm sure it was you. You're the very image…you must have a double."

"Affa decent o ye, min," said Morrice the butcher's brither, "mak it a Macallan."

Rodeo Mo

MORRICE the butcher's brither wis on holiday in Texas a year or twa back. He and Mrs Morrice the butcher's sister-in-law were haein a fine time. In his butcherly brither capacity, he took a big interest in the big herds o steers they rounded up, eyein wi some envy the massive steaks that it wid be possible to carve fae their ower-developed haunches, and mused at the volumes o potted heid that could be produced as a butcherly by-product o sic large beasts.

They visited the desert, but Morrice the butcher's brither thocht it wisna as good as the Aberdeen version. "Fox ache Blin," he said to me on his return from across the Pond, "a' that sand, and nae an Inversneckie Cafe nor a Beach Ballroom to be seen. The Yunks jist dinna ken fit tae dee wi a beach ava."

Then, a highlight o the Trades Fortnicht in Fort Worth. As part o the package, Morrice the butcher's brither and Mrs Morrice the butcher's sister-in-law had tickets for the rodeo.

And whit a day they had. Morrice the butcher's brither bocht a cowboy hat, ideal, he mused, for wearin to keep the seagull's fae shitin on his heid when he wis deliverin roon Abbey Place direction, and it wid keep his heid warm as he gaithered speed on the message bike as he clattered doon the Nigg Brae.

They visited a' the exhibitions, the demonstrations o lassooin, mule-skinning and ither cowboyular pursuits.

Then the finale. The Buckin Bronco, later tamely replicated at Aikey Fair as The Buchan Bronco, far a boy managed to bide aboard an unbroken stallion for a new Rodeo record time o 1 minute 43 seconds, afore he was thrown aff and cairted awa to Fortworthesterhill.

Then the buckin steer. Ruling applied that the boy on its back had to hud on wi only one hand at a time. Affa impressed the twa o them were when the boy managed to bide aboard for 46 seconds.

Then the Robbie Shepherd equivalent on the tannoy made the announcement: "Fellow Texans and visiting cowhands from across the globe – a challenge. Dare any man or woman attempt to ride the bucking steer for longer than the current champion's time of 46 seconds? Come forward now to give your best shot at this highly dangerous cowboy technique."

Morrice the butcher's brither, despite Mrs Morrice the butcher's sister-in-law's desperate entreaties, was in the queue immediately.

As he waited his turn, the casualty list mounted. Broken limbs, brayed heids, thick lugs and jeely noses abounded as the bold participants were contemptuously dismissed in turn by the now-raging steer. And not one had broken the ten second barrier before being thrust cruelly earthwards by 700 pounds of bad tempered muscle and sinew.

At last it wis Morrice the butcher's brither's turn. The crowd groaned as the deformed figure was helped aboard the bucking steer's back, and the handler let the animal loose.

By now used to the attempts of the contestants, the steer arched its back and kicked its hind legs and looked around to see the rider in a crumpled bleeding heap, as had happened on all previous attempts. In Torry, however, they are made of sterner stuff, and Morrice the butcher's brither clung on gamely.

The raging animal raced towards the centre of the ring, lowered its head, and stopped suddenly, like a message bike hitting a Menzies Road kerb on a Setterday mornin efter a big sesh in the 19th Hole the nicht afore. Morrice the butcher's brither countered the forward momentum and clung on.

By now the clock had reached the 30 second mark, and the crowd was egging on the spinally-challenged sassidge seller's sibling.

In a final attempt to shake off its burden, the bucking steer galloped round the ring, flinging its hind quarters from side to side and arching its back so that it looked almost as humpy as

its gamely-gripping rider. With one last huge toss of its back, Morrice the butcher's brither's erse actually parted company with the beast's back, but he held on. The steer, utterly exhausted, knew that it was beaten and tamely walked to the side of the ring where it lay down, totally spent, awaiting the lift to the abbatoir.

The Texans were going doolally. Ten gallon hats were being thrown in the air. A chant of "Morrice, Morrice, Morrice" reverberated around the ground as the new champion bowed to his adoring public.

He wis presented wi his prize, and efter signing hunners o autographs and receiving proposals of marriage from dizzens o rich Texan widows, he found his way back to the seat far Mrs Morrice the butcher's sister-in-law wis sittin.

"Michty min, Morrice the butcher's brither," she exclaimed, "I had nae idea that ye were in possession o sic rodeoesque expertise. farivver did ye learn such skills?"

"You were the inspiration," he grinned. "Div ye mind o the time when ye had the whoopin cough?"

A tale o timmer and limmer

THURSDAY nicht, in the Snuggery up the lanie atween Market Street and Adelphi, there sat Morrice the butcher's brither and me, Blin, your narrator.

The Guinness wis slippin doon a treat, when Morrice the butcher's brither says to me, "Hemmin, Blin, div ye mind the last time we hid the pleasure o drinkin in The Pavilion Bar, doon the fit o the road here, on the corner o Trinity Lane?"

Weel, I hid to confess that I had forgotten that The Pivvy ivver existed, for it wis an affa dive, forivver shuttin early cos somebody'd been stabbed or the bobbies were called because some unscrupulous minker had made aff wi the Barnardo's collectin tin aff the coonter. It wisna the sort o place that a lady wid ging for a Sweetheart Stout and a bag o Rancheros. That wid explain why Cove Mary and her cronies, Fool Annie, Forfar Meg, Garstang Lil et al were regulars.

"To be honest, Morrice the butcher's brither, min," I responded, "afore I wid ging ower the door o that divvil's island o Aiberdeen's licensed trade, I wid hiv to be affa affa drunk. In fact if I wis in there wi ye I wis that drunk that I canna mind on't."

"There's every possibility o that," mumbled the monarch o the mealy jimmy fae ahin his rapidly-emptyin gless. "In fact I can hardly mind masel, but sic a singular event took place that very nicht that I've nivver forgotten it. Awa and get the Guinness in and I'll tell ye a' aboot it."

Afore twa three minutes had passed, I wis back at wir table, and we embarked upon the task o emptyin the black nectar ower wir throats, for ye can nivver hae enough Guinness.

Morrice the butcher's brither began his tale.

"It wis a fool weet February nicht, and you, me and Johnny Norrie were oot for a pint in The Grumpian Bar. Johnny Norrie mindit that there wis a boy owe him twinty-five poun that he'd agreed to meet in The Anchorage that nicht, and wi the possibility that he micht deign to spend twa three poun o it on beer for us, we went wi him to that functional alehoose halfwye ben Market Street. Sure enough he met in wi the boy and got his siller, and we hid twa three mair pints o this very brew, the very mead of the gods of Hibernia. Well, ye ken fit Johnny Norrie's like eence he's got a gallon o Guinness in his system. He has to eat, and nae jist ony grub, it has to be curry.

"So, wi the money fae his pal burnin a hole in his pooch, we staggered oot o The Anchorage tae the Koh-I-Noor, jist along by the railway yard. Islam the owner wis in affa good form. Drinks on the hoose, extra chapatis, the works. We were fair stappit full by the time we got oot o the place. Nae ower full to hae a hankerin efter anither pint or twa though, but it wis efter shuttin time, which wis ten o'clock in those far-off heathen days.

"Nae bather to Morrice the butcher's brither though. I kent that Sandy McPherson wis workin in The Pivvy far licensin oors were optional raither than compulsory. Wi nae futher ado, we made wir wye ower and wi some judicious chappin on the windae, we were let in the back door.

"The place wis jist hoachin wi fowk. There hid been bad weather and the supply boats were tied up for twa three days. A' the slappers in the toon were there – a veritable roll-call o 99p-shop pooder, paint and scent. They were hingin aboot the Dutch and German sailors tryin to impress.

"Then ae big chiel fae aff The Falderntor wis persuaded by his Teutonic colleagues tae dee his party piece. A college scarf, the only remaining evidence that a student eence had the temerity to enter the lion's den that wis The Pivvy, wis procured, and wrapped roon the Jack Tar's een so that he couldna see. Then he announced that by sense o smell only, he could identify ony bit o timber put in front o his nose. Johnny Norrie tested oot the effectiveness o the blindfold by giein the boy the fingers richt in front o his face, and desisted only when a fellow crewman o the star clapped him in the lug.

"First somebody held ane o the chairs fae the bar up under the boy's nose. Hand-crafted fae mahogany it wis, although efter years o bearing the erses o The Pivvy's clientele, and the abuse o hunners o drunks fa'in ower it on the wye to the lavvy to hae a spew, it had lost its hardwood splendour and lookit like something teen oot o the back o the scaffie's cairt.

"The boy gave it a good sniff, and wi nae hesitation, he pronounced that it wis 'mahogany'. Johnny Norrie, still dazed in the corner sufferin the effects o a dizzen pints o Guinness, a prawn madras, and a skelp fae a merchant seaman, thocht he said 'Hogmanay' and started wishin abody a happy new year and singin Aul Lang Syne until Snuffy Ivy clattered his heid aff the dartboard and he went back to sleep.

"There wis a round o applause, although given the female clientele o The Pivvy, clap was ayewis near at hand, and the boy demanded he be tested again.

"Ahin the bar wis a big bowl that the owner used for huddin bags o peanuts. It wis made o walnut. The KP cargo wis discharged and the timber artefact wis held in front o the boy's hooter. A single sniff and he said nonchalantly 'valnut', causing another outbreak o clappin.

"Then Sandy ahin the bar produced the cricket bat he kept there for the purposes o keepin order. Legend had it that Ted Dexter had eence scored a half century against Aiberdeenshire wi it, wi ae hand tied ahin his back. It wis held up in front o the boy's face and withoot hesitation he decided that it wis 'villow, vith some linseed oil on it'. By noo the place wis in uproar.

"Cove Mary had seen a' this happenin, and decided she'd gie the boy a REAL test. She put her pint o advocaat and American Ice Cream Soda doon on the bar, lifted fit little o a skirt she wis wearin, and strippit aff her dra'ers. Thrustin them intae the boy's coupon she demanded: "Come on then Fritz, tell me fit this is.

"The boy sniffed eence, then twice, and went back for a third nosefae. 'Hmmmm. Zis time I am not so sure,' he said. 'One part of it smells like a vooden lavvie seat, but ze other bit has the fragrance of a Claben fish box.'"

Wigwam bam

IT was a few years ago noo, but Morrice the butcher's brither took his holidays at the Trades and went on tour wi one o Aiberdeen's leading bands throughout the United States. You can probably read aboot it in Peter Innes's seminal tome *Fit Like New York*.

They'd been a' ower the place, and road life wis beginnin to tak its toll. Too much cheap beer on the rider, a diet o potato chips (US version), late nights and early mornins. Nae a decent nicht's sleep to be had on a draughty, rattly, poorly-sprung tour bus.

Ae efterneen, en route to a club date in the Mid West, the tour bus pulled off the highway, since the driver's hours were up and he needed to take a statutory break. Fuck me, if it wisna a theme diner that they pulled up at.

Fit theme? Well, in some way attempting to assuage the guilt of attempted ethnic cleansing of the native population by their pioneering forefathers, some local businessmen had opened a diner with a theme celebrating the culture of the natives. Given that this wis the States, there wis also a buck to be made by exploiting the theme and the staff who were drafted in to work in the place.

The band and crew dragged themselves wearily oot o the bus and entered the diner. Attractive though the waitresses in the more normal establishments were, in a gum-chewing, disinterested dinna-fuck-wi-me-buddy-or-I'll-spit-in-yer-fries way, the tired dishevelled travellers were gratified to see that the theme had been continued right down to the staff appointed and the apparel with which they had been issued.

So it wis that there was an attractive high cheek-boned maiden dressed as a Squaw behind the counter. Some of the waiting staff were similarly attired and some of them were dressed as braves, in moccasins, suede-fringed jackets, and one in particular, a big brosey chiel he wis, wis dressed up as a chief, with multi-coloured ethnic robes and an impressive head dress.

The boys sat doon at a table. The Big Chief was designated as their waiter. A big loon. Did I mention how big he wis? Muscles in his airms like grapefruits inside a pair o tights. A jaw like Desperate Dan. Thighs like Jim Forrest. Fingers like Lawsons' reed puddins. He stood aboot 6 fit 7 and looked like he could have tossed Mike Tyson aside with impunity in a square go oot the back o the Three Lums. Did I mention he wis a big hardy chiel? On analysis at Massachusets Institute of Technology, his sputum was found to contain muscle. He may even have been a match for legendary '70s Rothes dance hall fechter Beel Shaw, but scholarly opinion is still divided on this.

He came ower to the boys' table and handed them menus. Despite the fact that the owning franchise had decided to play the ethnic theme, they could not dispense fully with the fare demanded of them by their overweight, cholesterol-laden potential clients. In short, the menu contained exactly the same sort of grub that the hard-working rockers and their spinally-deformed camp follower had been dining on since the start of the tour. One by one, they resignedly ordered up their choice of snacks.

Sitting Bull Burger and Fries.

Cheyenne Beef Monster and a Prairie milk shake.

3 cups of Tepee tea. Etc etc.

Off wandered their waiter with the order, his sheer sinewy bulk causing the surrounding tables to rattle and the condiment sets to tremble as he strode by.

At the table, the talk was of food. One band member was pining for a macaroni pie supper fae "Sweaty Betty" in The Spital. Anither ane was extolling the virtues o a sassidge bap fae the vannie in Hareness Circle, openly salivating as he described it as "ingins fa'in oot the side, grease rinnin doon yer airm and tomata sass stainin yer fingers."

The discussions continued, examining the merits of my mither's tattie soup, Mrs Blin's inimitable nectar-like chilli soup, and Carcone's diploma-winning strawberry ice cream.

At that, the order began to arrive, delivered by the massive HUGE (to quote Ernie Winchester) strappin chiel dressed as the chief. Did I mention how big he wis? He could have replaced faulty lightbulbs at the front of the Dick Donald Stand, with only a Kennerty milk crate to stand on, and gien the British and Irish Lions' front row a pasting in the scrum.

Morrice the butcher's brither looked at the burger in a sesame seed saftie that had jist been pit in front o him by the big waiter, dressed as a native American chief, threw it back on his plate in disgust and declared to all present, in his Girdleness foghorn voice:

"Fuck this. I could murder an Indian..."

Twa hot dogs

AE day, it wis quiet in Morrice the butcher's shoppie. It wis warm weather and oot o the soup season, so nae call for bilin beef or ham shank.

Sassidges were sellin slowly as weel. Fowk jist couldna be bathered cookin, and the ice cream shoppie wis deein far better trade nor Morrice the butcher.

Then, into the shop came a wifie wi a dachshund, ye ken, a sassidge dog. Morrice the butcher's brither wis affa fond o dogs, and he came throu fae the back shoppie tae gie the doggie a clap and its belly a tickle.

He wis newsin awa tae the wifie aboot dogs when she let it slip that she also owned a corgi.

"And div they get on weel thegither?" speired wir humpy backit pal.

"Oh, aye," says the wifie, "until the corgi goes into heat, then I canna keep this randy wee bugger fae aff the tap o her."

"A difficult problem tae hae," sympathised Morrice the butcher's brither.

"Ye're nae wrang there, Morrice the butcher's brither, min," responded the dog owner, stuffin the parcel o mealy jimmies in her shoppin bag, "and I didna wint ony puppies, so I tried a'thing. I locked him in the shed wi the corgi in the hoose, but he howled the place doon and I got complaints fae my neighbours. Syne I locked him in the lobby, wi the corgi in the scullery, but as soon as the door wis open, the wee bugger wis through attemptin to get his wye wi her. I'll tell ye this, Morrice the butcher's brither, I wis gey near the end o my tether."

"And hiv ye sorted it oot?" said Morrice the butcher's brither, "for, dog lover as I am, I widda jist hid him along tae the vet and hid his ba's aff. That wid have pit a stop til't."

"I ken fit ye mean, but I saw that as a last resort. Sadly things got that bad that I made the appointment onywye. So I took him alang tae the vet and went into the surgery. I telt the vet the circumstances and nature o my dilemma, and he listened wi a sympathetic ear. The wee sassidge dog, howivver, lookit that doon in the moo aboot fit he wis to undergo that I took pity on him and cancelled the operation."

"I wis still worried aboot unwanted pups, though, and speired at the vet if there wis onything else that could be deen, short o libbin the peer cratur."

"Och aye," says the vet, "I think there is. Div ye hae stairs in yer hoose?"

"Aye, I have that," I telt him. "I used tae hae a low doorie in Abbey Place, but I flitted ower tae a maisonette in Mansfield Road three years ago, wi twa bedrooms up the stair. Dis that mak a difference like?"

"Oh michty aye," replied the dog doctor. "Next time yer corgi comes into season, pit her up the stair, and leave this horny wee bugger doon the stair."

"And fit difference will that mak?" the wifie asked.

"Weel," says the vet, "have ye ivver seen a dachshund tryin to climb up stairs wi a hard-on?"

Anne Summers' shoppie...

'A woman's needs are manifold' we were eence telt by Benny Hill, in his 1971 Xmas number 1 inspired by Ernie Winchester's exploits as a roundsman wi Kennerty Dairies in the late 1950s.

So, as it is in art, it is in real life, and Morrice the butcher's brither, Bernie the Bolt and me were quaffing the fine foaming ale in The Anchorage when Bernie the Bolt confessed that he and Mrs the Bolt were haein difficulties in the availability of fuel.

His description thus wis lost on Morrice the butcher's brither and me, and we asked him to be a tad mair explicit.

"I'm struggling to, er... get wid," stammered Bernie the Bolt.

Morrice the butcher's brither and me lookit at each ither still puzzled.

"Bernie, min," I offered, "ye hid yer coal fire rippit oot years ago when Kaimhill finally got electricity installed. Ye've had that off-peak heatin on a white meter for as lang as I can mind. I hid it masel in a flat in Cairncry I eence rented fae the cooncil and it wis that warm in the mornin when the heaters were a' charged up that I had to go aboot the place jist in my dra'ers until it wis time tae get dressed and ging to work. Ye'll mind the time that there wis a young quine pit on relief postie duties instead o wir normal boy and she chappit on the door tae deliver a parcel ower big to ging through the letter box. Luckily Aul Bandy the bobby saw the funny side when he wis sent to investigate the Case o The Off Peak Cairncry Flasher. I dined oot for weeks in Murdo's on that story."

"Na na, loons, that's nae fit I mean," Bernie the Bolt began to explain, but Morrice the butcher's brither butted in.

"It's high fuckin time ye were building yersel a new shed. I lent ye a lawn edger and a graip twa years ago and ye kept them in that rotten leaky hoor o a sheddie o yours. They came back to me as roosty as Gordon Strachan's hair min. Bit there should be nae trouble getting wid for a new ane. Wait or it's dark and we can tak my brither's, that's Morrice the butcher's, Austin J4 van and liberate some fae the timmer yard on the Tullos Industrial Estate.

"I'm an environmentalist as you ken, and I hae nae conscience aboot performin an illegal act in offering liberty to our trees, even in their altered state, and I feel strongly that they wid be happier stannin in a Kaimhill gairden, albeit in sheddie form, than linin some privileged chinless toffee-nosed wifie's staircase in Rubislaw Den."

"Ye're baith missin the point," said Bernie the Bolt. "Fit I wis sayin aboot fuel and wid is a euphemism for erectile dysfunction. In short, loons, I am struggling to get it up these days, and Mrs the Bolt is a demanding woman."

"Ach, Bernie min," opined Morrice the butcher's brither, sweelin the last half inch o his Mackeson black and tan aroon his glass, working oot fa's round it wis next and realisin that it wis his ain, "I've often found that when Mrs Morrice the butcher's sister-in-law makes carnal demands o me late at nicht efter a dizzen or so Fowler's Wee Heavies in the 524 Lounge, that I struggle a thochtie. Maybe ye should examine yer beer intake Bernie and ration it to nichts when Madame La Bolte winna be efter yer body."

"It's nae that either," responded Bernie the Bolt sadly, emphasing the fact that it wis Morrice the butcher's brither's shout by lifting his glass up and peering at the Anchorage fluorescent tube lighting through it. "Even when perfectly sober, when I've maybe only had six or sivven cannies of McEwan's India Pale Ale in the hoose o a nicht, I still struggle to obtain enough to satisfy Mrs the Bolt.

"Have ye tried that Viagra stuff?" Morrice the butcher's brither enquired as he raked in his pooch for his wallet, "for I am telt that it his magical properties as far as cocks are concerned. In fact, my brither, Morrice the butcher, wis thinking o pittin some o it in the sassidges as a secret ingredient to increase sales of those exquiste foodstuffs to the fair maidens o Torry."

"Sadly I hiv," retorted Bernie the Bolt, "and I suffered fae affa side-effects. The directions on the label say that ye should take them wi a glass o water, but I jist swallowed a peel hale ae nicht and didna swally it richt and endit up wi a stiff neck for twa days. The only chemicals I'm happy to defile ma hallowed temple o a body wi is the stuff you pit in the sassidges which are probably alterin my cell structure and DNA make-up as we speak, and drink the fine black and tan amalgam o Mackeson Stout and Tartan Special, or at least we wid be drinkin it if you'd get yer erse towards the bar and replenish these glesses."

So off hobbled Morrice the butcher's brither to the bar.

When he came back, he announced he had had a brainwave.

"Perhaps it's doon tae Mrs the Bolt to mak an extra special effort," explained Morrice the butcher's brither, lickin the black and tan run off fae his fingers and savourin the wee bit o oatmeal that had lodged under a finger-nail since handmixin mealy jimmies in the shop earlier that day. "I see that Fool Annie Summers his opened a shoppie in the toon. Maybe she should ging there and see fit she can find to spice up activity in the bedchamber."

He went on, "In fact, Mrs Morrice the butcher's sister-in-law and me had need to ging there a puckle weeks ago, afore I went awa to the Cleaver Conference in Houston. She wis affa upset when I had to go for a fortnicht, and speared at me fit wye she thocht her feminine needs wid be catered for in my absence. She fair clockit me in the lug when I suggested that I could mak an extra big mealy jimmy to tak my place, so we decided to hae a lookie at fit wis on offer in the female self-pleasure bit o this new outlet."

Stoppin only to savour the malty brew of his pint and toppin it up fae the Mackeson bottle, Morrice the butcher's brither continued, "So we went in and asked to hae a lookie o some o the merchandise, and the boy brocht a big box o vibrators and dildoes oot. He produced this pink knobbly thing aboot 8 inches lang which Mrs Morrice the butcher's sister-in-law dismissed immediately as bein like a wee willie winkie compared to the full saveloy she's used to getting at hame. Syne the boy took oot this bigger thing, like a roll o roon Lorne sassidge and invited Mrs Morrice the butcher's sister-in-law to hae a good feel o it, explainin that it came wi double speed haimmer action, usin technology developed for the Kango drill company and revolved on a JCB-derived universal joint for that extra special finish. She wis keen on neither, and the boy had ither customers to see till, so he said to her tae hae a rummage through the box and see if onything took her funcy.

"She dragged oot this fit-lang black monstrosity. She read the label. This wis the Black Russian, tooled fae high-tensile stainless steel and coated in black latex. It had three speeds:

1. Slow, sensual, Setterday efterneen when there's nae a Dons game to go till and the bairns are at their granny's;

2. Slightly rocher and mair urgent, when ye wint to get to sleep on a Setterday nicht but she's still makin unreasonable demands, and

3. Quick ten-minute rummle in the morning wi ae eye on the radio alarm since it's getting to be time to open the shop.

"She didna fancy that either, havin a distrust o onything fae ahin the former Iron Curtain since her sister, Miss Morrice the butcher's brither's sister-in-law, saw *Letter To Brezhnev* and wis tempted to try the same wi a Soviet jack tar she met in The Schooner, but fa telt her he wis mairried wi fower kids in Murmansk, but only efter she had succumbed to his vodka-fuelled advances and her ain legendary libido ahin the multi-storey car park in Virginia Street.

"Onywye, the next device she considered wis a fourteen-inch dayglo monster that wis fluorescent so's ye could find it under yer pillow in the depth o nicht when a butcher's brither is unwakeable efter a dizzen pints o this affa fine brew. It had twenty one speeds on Shimano gears, a disc-braking system based on the latest Formula One technology, and as an extra special treat, a reservoir which, when filled wi fluid, wid warm it, and squirt it oot at the richt time upon applying pressure aroon the shaft. Wallpaper paste wis recommended on the label. She thocht this too complicated, struggling as she dis wi the five gears on her Metro as she struggles up the Nigg Brae.

"Then she spied the very thing. 'That's the ideal device for me, Morrice the butcher's brither, min,' she announced excitedly, and pointed towards this model stannin upright on the shelf ahin the coonter. 'Jist look at it, Morrice the butcher's brither. It's aboot 14-inch, has a fair girth aboot it for maximum side-touchin capability, has a white top which seems detachable for easy cleanin, and to celebrate my patriotism for my dear beloved Aul Scotia, its main body is in tartan. That's the ane I want!'

"So we shouts ower to the boy sellin a can o WD40 to a boy that looked suspiciously like Snuffy Ivy's brither Snottery Ivan, but he had his polo neck pulled up aroon his lugs so it wis difficult to tell for sure, and asked him to come ower. He gave the boy his change and heidit oor wye.

"'I've decided,' said Mrs Morrice the butcher's sister-in-law emphatically, and wi an excited gleam in her eye, 'That tartan ane ower there, wi the white cap on it. That's the ane I've set my heart and loins on. Wrap it up for me and we'll take it hame and gie it a try oot this very efterneen.'

"'I'm dreadfully sorry madam,' responded the sales gadgie, 'but that item is not for sale.'

"Mrs Morrice the butcher's sister-in-law lookit crestfallen, near to greetin. 'Nae for sale ye say? But it's the very thing. Fourteen inches o steel (although still an inch or twa short o fit I'm used tae wi Morrice the butcher's brither), a detachable white top and encased in bonny tartan, surely the wye to every patriotic Scotswoman's heart, and pudenda?'

"'Sorry madam, I can see you're affa keen, but I'm afraid it's nae for sale.'

"'But fit wye are ye nae sellin it?'

"'Because, madam, that's my Thermos flask and it's nearly dennertime.'"

Cove Mary

MORRICE the butcher's brither and I were in the 19th Hole last nicht slakin a thirst caused by the twa o us haein wandered aroon the Exhibition Centre tryin to hand oot free mealy jimmies and mini tubs o potted heid as a promotional marketing item to further Morrice the butcher's brither's brither's (that's Morrice the butcher, the rightful proprietor of this tripe emporium) desire for world dominance in the meat trade.

Onywye, he got to telling me aboot a conversation he'd had wi Bernie the Bolt a nicht or twa afore.

Apparently, Bernie the Bolt had popped intae Peep Peep's for a quick refreshment efter helping the coal mannie that bides roon the corner fae his Kaimhill penthoose unload a boatload o smiddy nuts at the fit o Marischal Street.

He wis jist enjoyin the first delicious draught o Beamish when he wis aware o Cove Mary sittin in the corner, nursing a Sweetheart Stout and greetin.

Bein a chivalrous chiel, Bernie the Bolt sidled ower and asked her fit wis the maitter.

"Och Bernie the Bolt, min," she sobbit atween gulps o the foul sweet black Youngers' brew, "I think my career's ower. I'm getting ower aul for this, and customer feedback is negative in the extreme." And wi that she began to wail again, tears and snotters dreepin into her stout, which made the consistency more challenging, but improved the flavour no end.

"Negative customer feedback?" queried Bernie the Bolt, "fitivver div ye mean, Cove Mary min, quine?"

"Last nicht," she sniffled, "a punter wis haein his wye wi me up the close at the fit o the Marischal Street steppies, when he telt me it wis nae good, that despite bein hung like a Vim tin, he wis struggling to touch the sides. I had to finish him aff in a different wye, and I've been depressed aboot it since. My career as the queen o the shore good-time girls may very weel be ower."

Bernie the Bolt pondered for a minute or twa. He hit upon a possible solution.

"I think ye should visit a gynaec… a gyneak… a gyno… a fanny doctor," said Bernie the Bolt, "and he'd gie ye a verdict on yer future prospects. Dinna worry, Cove Mary, things'll work oot fine."

"But I'm nae earnin," explained the unfortunate lady of the nicht, "and therefore cashflow is a current problem and my finances are currently in deficit. In short, Bernie min, despite yer affa welcome advice, I jist couldna afford the extortionate rates charged by such freebooters who receive the best NHS training and then fuck off to private practice to exploit poor unfortunates such as masel."

Bernie the Bolt pondered further. Then a brainwave.

"I'm a good freen o Geordie Gusset, amateur gynaec… gyneak… gyno… fanny doctor fae ower the watter. He's due me a favour since I got him a fry o monk tails aff that trawler that ran aground last month. I'll hae a word wi him, he'll examine ye and gie ye the verdict."

So twa days later, Cove Mary arrived at Geordie Gusset's amateur surgery in Mansfield Road.

"Come awa in," leered the Torry twat twiddler, "and sit doon. We'll hae a lookie at yer problem and see fit we can dae aboot it, and perhaps we can come to some arrangement. I'll gie you my best diagnosis, and you can gie me a free season ticket to the heavenly delights of your youthful supple body."

Cove Mary, desperate to resurrect her failing career, agreed.

"Come ben to ma surgery then," panted Geordie Gusset, ushering Cove Mary into his scullery far he'd rigged up a makeshift examination area on his formica kitchen table wi a pair o rone pipe clips on brush handles improvising as stirrups.

"Now, you'll have to remove your underwear," grinned

Geordie Gusset as he wiped the sweat from his brow and the steam aff his glasses, “and lie doon and pit yer legs intae the surgical stirrups. Syne I’ll hae a wee lookie and see fit we can sort oot for ye.”

Cove Mary did as she was bidden, and Geordie Gusset, to show his professionalism (gleaned from an episode of *Casualty* he’d once seen) draped a green tablecloth ower the lower half o Cove Mary’s body.

He bent doon and put his heid under the cloth, rolling it back as he carried oot his examination so that the licht fae the 60 watt bulb could let him see the seat of the quine’s problem. He probed and probed, hummed and heyed, and eventually said from between her legs,

“Michty me quine. Ye’ve a fanny like a bucket.”

“Michty me quine. Ye’ve a fanny like a bucket.”

Cove Mary, despondent at the diagnosis, wailed, “There wis nae need to say it twice.”

To which Geordie Gusset replied, “I didna, I didna, I didna…”

A well read Indian

MORRICE the butcher's brither, flushed wi his success in the Fort Worth rodeo, decided to mak a return trip to the US. Again he chose Texas, thinking he micht be in wi a chunce wi thon Sharleen Spiteri.

He got bored wi life in Houston affa easily. Efter he'd visited twa three butcher's shops to check oot the international competition on the potted heid markets, and successfully teen part in a blindfold cleaver-throwin competition (his success wis due to him imaginin the target and John Inglis pinned thereto), he decided to go for a drive in the countryside.

"Nae a patch on Donside," he girned at Mrs Morrice the butcher's sister-in-law fa wis seated next to him listenin surreptitiously to *Johnny and the Copycats* Live At Elgin Toon Hall on her Walkman. "It's affa bonny aboot Kildrummy and Glenkindie this time o year, perhaps we'd have been better booking intae Bouties at Tillypronie for a wik rather nor the Sheraton Houston. Be a helloa lot cheaper as weel."

Mrs Morrice the butcher's sister-in-law nodded, although she heard nae a feint o fit the humpy-backit ill-naittered aul divvil had said, and wis grooving silently to Ian Lyon's guitar solo on Delbert McClinton's "Two More Bottles Of Wine".

They turned the corner, and there stood a pub.

"Some eese," snorted Morrice the butcher's brither, "for I am fair chokin for a beer. I'd sook a pint o bowfin Norseman through the gusset o Fool Annie's dra'ers, sic a thrist I've built up wi this 98% humidity. Come awa in and we'll hae a swally."

In trooped the pair o them. It wis a pleasant enough placie, although the subtle Bohemian ambience o The Rats' Cellar wis strangely absent. Tables wi empty ashtrays. Nae sawdust and tabbies on the fleer, and nae trail o spew leadin to the lavvies, which themsels had a scented fragrance o wild primroses, nae the evocative whiff o stale pish associated wi that Torry cocktail saloon.

Upon realisin that a Mackeson black and tan wis a hitherto-undiscovered liquid delicacy in these uncultured parts, and that a Sweetheart Stout for Mrs Morrice the butcher's sister-in-law wis oot o the question, oor favourite tripe trader settled for five bottles o Budweiser (one for Mrs Morrice the butcher's sister-in-law and fower for the sandpaper-throated Morrice the butcher's brither).

Efter he'd downed his third bottle in one go, he lookit ower to the corner. In the gloom, at a table, sat an ancient Native American chieftain. Checkin first that it wisna the same chiel that he had upset when tourin wi Scabby Abby and the Tabbies, he speired o the barman fa the boy wis.

"That, sir," replied the mine host, "is an old Cheyenne chief whose tribe has now dispersed and settled individually in families in various nearby conurbations. The chief himself has remained true to his culture, however, and has thus far refused to compromise his traditional lifestyle. He lives in a tepee just a mile from here and pops in nearly every day for a glass of firewater. His name is Chief Running Water, and he has two sons, Hot and Cold."

He continued, "The man has the most incredible memory for facts. There is no known piece of trivia that he cannot recall. In these parts he is known as the Memory Man. He is a true living legend."

Now, ye a' ken that Morrice the butcher's brither is a sceptical aul soul. His natural tendency towards arguing wi onything said, or disputing ony fact laid afore him, wid see him walk in to a job as a researcher at either o Aiberdeen's twa universities. In short, he'd argue that black wis white even if it wis yalla.

"Memory Man my erse," he muttered. "I'll bet he disna ken half o the shite that Blin Lemon kens. I'm certain this aul boy here wid struggle wi the 'Legendary Aiberdeen Hoors' section in the Double 2 weekly pub quiz. That is Blin Lemon's specialist subject. Even Magnus Magnusson got his Fool Annies and Glesca Bettys mixed up when Blin made his legendary appearance on Mastermind in 1981. I'll try this Memory Man mannie oot."

The message bike maniac shuffled ower to the table far the Memory Man wis sittin.

"Hemmin, I believe they ca' you the Memory Man," wis Morrice the butcher's brither's opening gambit.

The ancient chieftain brushed his plaited white hair from his face and looked with sad wise eyes at the humpy-backit fleshman before him.

"Some men call me by that name," he whispered in a voice that was evocative of lost lands and hard battles against overwhelming odds, "although I make no such boast."

"Fitivver," responded Morrice the butcher's brither, "bit fit div ye ken aboot Scottish fitba?"

"I have a little knowledge," replied the sage. "That Lars Skovdahl came to me for advice in your year 1965 following The Cappielow Incident."

"A'richt then," said Morrice the butcher's brither, "fa won the Scottish Cup in 1983?"

The ancient chief's eyes rolled in his head. He looked Morrice the butcher straight in the eye, a remarkable feat for one of such advanced years since Morrice the butcher's brither's spinal trouble meant that his heid was somewhere near table level.

"That would have been Aberdeen, in my opinion the finest football team the world has ever seen," was the answer.

Morrice the butcher's brither wis impressed, although he tried hard nae to show that.

"A lucky guess," he thocht, and said out loud, "Can I speir a supplementary question o ye?"

"Fire away," said the chief, regretting his choice of words slightly as a State Police car pulled up outside and disgorged its twa heavily-armed Texas tarryhats.

"Fa scored the winnin goal?"

The Memory Man did not even blink. "That would have been Eric Black," he replied, unfazed. Morrice the butcher's brither wis so impressed that he ordered anither half dizzen Buds to calm himself doon. He'd come a' the wye fae Oscar Road tae the Texas outback, and there in the corner o a bar wis a gadgie that had the facts o the universe at his fingertips.

A few days later, Morrice the butcher's brither and Mrs Morrice the butcher's sister-in-law were back in Torry. Where once Morrice the butcher's brither had found intense job satisfaction in hand-mixin the sassidge meat wi its carcinogenic colourings and preservatives, and nearly smiled with satisfaction as he tied the links, where once he had delighted in scarin the wifies on the pavement o Mansfield Brae as he tore alang the road on the aul message bike, he found it difficult to settle back in the old routine. The Memory Man preyed on his mind. He telt abody aboot it. Fowk began to avoid his company in The Grumpian Bar, so obsessed wis he wi this aul chiel across the Atlantic.

Aboot twa years later, his obsession had cooled a wee bit, and mealy jimmy vending wis pleasurable for Morrice the butcher's brither again. But then fate took anither twist.

As part o the prize he and his brither, Morrice the butcher, won at the Annual Convention Of Potted Heid Manufacturers for their secret-recipe diploma-winning delicacy, a trip to see around a cleaver factory in Texas was given to them.

They baith couldna go. They couldna trust that hanless (literally nearly, for he wis a danger wi a bonin knife) loon to look efter the place, so Morrice the butcher's brither got the gig.

Like afore, Houston wis a'richt for a day or twa. The cleaver factory wis interesting enough, but there wis nae fitba, the beer wisna good and he missed the cheery banter o the fowk that came into the shoppie for a news ower the mince.

So, as before, he hired a car and took off for the countryside. Like his fenland honeymoon, he found himself in familiar territory, and began to wonder if the pub he'd been in before wis still there, and if the Memory Man wid still be aroon.

As he came ower the broo o a hill, the tavern stood in front o him. In he went. It lookit exactly the same as before. Same barman, athing. He ordered a Mackeson black and tan, which was now the trendy drink in those parts.

Hardly daring to hope, he looked ower in the corner. There at the table, hair even whiter, face even more leathern than before, sat the Memory Man.

Morrice the butcher's brither ordered a large Glen Grant for the boy and made his way towards his table. He put the drinks doon on the table, and in a gesture in respect of the ancient's culture, raised his right hand solemnly, palm outward and said:

"How?"

The Memory Man looked up through dim wise old eyes, and replied: "Diving header in the six yard box."

Holy watter

IT'S nae every week that the Dons play at hame, and sometimes it's nae easy for Morrice the butcher's brither to get the day aff to traivel to far awa exotic places to roar the Reds on at awa games. Thon temperamental aul hoor o an Austin J4 taks aroon fower oors to get tae Dunfermline, and has been kent to brak doon half a dizzen times on the wye to Dens Park.

But there wis ae day when the Dons didna hae a game ava. It micht hae been the Setterday afore a Scotland game in the days when we still proudly provided players to pull that dark blue sark ower their heids and gie their utmaist for their native land.

Nae matter fit, there wis nae game and Morrice the butcher's brither had a free Setterday. He got on the phone to me and speired:

"Fit we goin tae dee the day Blin min? Nae Dons, it's nae like a richt Setterday. It's nae the cricket season so we canna win ower tae Mannofield to tak in a bit o willow and leather and hae a sesh in the a' day bar. Fit div ye suggest?"

Well, I'd been ower at The White Cockade teemin gless for gless wi Morrice the butcher's brither and Snottery Ivan the nicht afore, and tae tell ye the truth, the thocht o hurlin aboot in an oversprung durch technich stottin aul hoor o a J4 butcher's van didna appeal to me or my liver, which wis on the verge o hingin oot the white flag.

"Morrice the butcher's brither, loon," I responded, "dis your system nivver need a rest fae the demon alcohol? Is there nae limit to yer capacity for the barley bree? Can ye nae leave me alane tae dee in peace?"

"Fox ache Blin min," he continued, ignorin my plea, "it's

Setterday. It's fitba day. A boy canna hae a Setterday aff and nae ging tae a game. Far will we go, eh?"

Suddenly I mindit o a conversation I'd been part o in the middle o the week. It wis in The Tappit Hen, so that must have been Tuesday, the nicht we aye meet up wi Bernie the Bolt, unless he's ower the watter, ahin bars, protestin his innocence as usual. He wis spikkin aboot The Highland League Cup final atween Buckie Thistle and Keith at Borough Briggs, in Elgin. In my black and tanned state, I'd agreed tae ging up to Elgin wi him for the game. Mistake number two wis when I mentioned this to Morrice the butcher's brither.

"The very thing!" he exclaimed. "Get riggit, a cairry-oot fae McRuvies, and I'll pick ye up in half an oor."

Doon went the phone, and sae did my spirits.

By the time Morrice the butcher's brither came stottin roon the corner wrestlin wi the J4 like she wis a troublesome boa constrictor, or at least a tricky sassidge length he wis tryin to tie, I wis feelin a wee bittie better. I paled, however, when I saw the size o the cairry-oot that Bernie the Bolt and Snottery Ivan had piled up in the back o the van, testing to the limit the inadequate payload o the BMC legend.

Beyond Bucksburn, though, and twa cans o export to the good, and I wis back on the road to recovery. Lurchin through Inverurie, Morrice the butcher's brither slowin doon to admire The Butcher's Arms, I wis in as fine fettle as I'd been a' week, and by the time we got to Fochabers, I wis replenished, alcohol levels back to normal, but burstin for the lavvie.

"Nae bather, loons," roared Morrice the butcher's brither abeen the gratin and whinin o the J4's protestin motor as he slammed the van doon into third at the fit o the Dramlachs. "We'll stop for a pish in Fochabers, the final jewel on the banks o the Spey on its meanderin journey fae the heights o the Cairngorms to the satty tide o the Moray Firth. A finer place to teem the stroop I canna think o – the lavvie in The Square?"

"Na na," chorused a' three o we passengers, "for we've run oot o drink. The Grant Airms. We'll hae a run oot. And since we dinna like to ging in athoot buyin onything, set them up Morrice the butcher's brither."

Obligingly, Morrice the butcher's brither had pints waitin for us when we emerged, relieved, fae The Grant Airms lavvie. Bein the first watterin hole on baith the road fae Buckie and the road fae Keith, the bar wis stappit wi droothy loons in green and white and maroon.

"So you're a Keith fan, then," enquired Bernie the Bolt o a boy comin awa fae the bar wi a tray o nips that gey near required a fork lift to deliver to a table o his weel-iled compadres, "Yer scarf's in yer team colours. Claret is it?"

"Na na min," said the cyard, "We couldna shout 'come awa the Clarets', that sounds ower muckle like 'clarts', and they're fae Huntly. Keith dinna play in claret. It's maroon."

"Affa civil o ye," replied the lightning-witted Bernie the Bolt, "mak it a Glenmorangie."

Gie the boy his due, he laughed heartily at Bernie the Bolt's impudence, and afore lang we'd jined the lads at their table and the relationship atween country and city wis toasted again and again.

Nae lang efter this, an odd-lookin boy gingerly tiptaed fae the front door to the bar. It wisna sae much that he wis odd-lookin himsel, it wis his apparel that caused us a' to dee a double-tak. Lang hair, nae unusual. A beard, straggly, unkempt, but nae ower odd. But his claes?

He wis wearin fit looked like a robe sort o arrangement, fae his neck richt doon tae his feet. Peepin oot fae below the goonie wis his feet. Nae brogues, nae trainers, nae even slip-on blue suede sheen like Bobby Bland wears on Setterday nicht at The Palace. In November, in Fochabers, the boy wis wearin sandals.

He ordered up his pint fae the bar, and found a corner, near wir table. He lookit aroon nervously, tryin nae to catch onybody's ee. Morrice the butcher's brither, sober since he wis in charge o the Austin J4, wisna ower lang afore he engaged the boy in conversation.

Now, as ye've a' probably realised gin noo, Morrice the butcher's brither stands on little ceremony. He says it as he sees it, and speirs it if he disna ken.

"Affa scant fitwear for the time o year min," wis his opening gambit, "even though I ken Fochabers, in The Laich o Moray, disna suffer fae the same challenging temperatures as the rest o North East Scotland tae the east o here. In ither words, it's still hoorin caul, and a body couldna be affa warm in that thin robe ye're wearin and, fox ache, SANDALS..."

The boy shuffled his sandaled feet, looked shyly intae his pint, and mumbled, "I feel nae caul. Temperature is something that causes me nae discomfort. Even if it did, I'd be prepared tae pit up wi't like, since sic trivial sufferin huds nae a cunnle to the sufferin o the poor, the sick and the destitute."

"Fairly that, min," continued Morrice the butcher's brither. "I admire yer altruism, yer concern for the less fortunate, but surely ye can afford a decent pair o breeks and a sark, and a sensible pair o beets?"

"Sic creaturely comforts I am prepared to forego. Wordly goods mean nothing to me, I am content with my lot and gie athing extra tae fowk wi less than I hiv."

This saddened Bernie the Bolt, since he had a lock-up garage in Ferryhill wi a consignment o beets stashed awa, and he had hoped a sale micht have been in order. The beets werena furlined, but they were hot.

The stranger wis getting a wee bittie bolder, nae doot as a result o haein sunk in a single gulp the double Macallan Morrice the butcher's brither had thrust into his haun. He astounded the clientele o The Grant Airms by revealin, "Ye see boys, I am the Son o God, come back to help alleviate the sufferin caused by that evil witch in Downing Street and her cronies leechin aff the poor tae line their ain pooches. I'm jist passin through and decided this wayside inn wis an ideal stop for a rest afore I hae to brave the philistines and their barbarism further along the A96, in the direction o Aiberdeen. Thanks for listenin, I'll hae to awa."

“Hing on, min, hing on,” exclaimed Morrice the butcher’s brither, “for ye canna ging aroon makin idle boasts like that. Foo div we ken it’s nae the drink takin hud? If ye are fa ye claim to be, ye’ll hae tae prove it til’s.”

The boy grimaced. “It’s nae that easy. I canna jist return to earth and cairry on far I left aff. I need twa three days practice, some pre-season trainin, if ye like.”

“Ach come on loon,” said Snottery Ivan, “it must be like goin a bike. Eence ye learn, ye dinna forget.”

At this juncture, Morrice the butcher’s brither winced and rubbed his richt shin, far a bruise the size o a half croon wis developin, a result o fa’in aff the message bike in Walker Road twa days afore. “Come awa,” pleaded Snottery Ivan. “Go on, show us ane o thon miracles. There’s a Mackeson black and tan in it for ye, and Morrice the butcher’s brither’ll keep ye goin in mealy jimmies for a fortnicht.”

Nae even the Son o God could turn doon sic temptation, and he relented. “A’richt then,” he volunteered, “and fit wid ye like me tae dee?”

Abody in the bar had a suggestion. Cries o, “Turn this watter into beer” fae some locals, pintin at their lager, brocht swift rebuke fae the barman, as did the suggestion to turn twa bits o scampi and a crust o loaf left fae somebody’s bar lunch into a feast for abody. Eventually Morrice the butcher’s brither hit the button.

“I ken fit ye can dee, ma loon,” he requested o Jesus. “Div ye mind when ye walked on watter? Weel, despite my claims, I didna actually ever see Joey Harper dee that, although we used tae sing a song aboot it, so I’d be maist impressed if ye could dee that again, and I for one wid believe yer claim. Come on doon to the Spey and gie it a shottie.”

The clamour in the bar was in favour. “To the Spey, to the Spey” wis the chorus teen up, and the boy wis borne aloft by the drunken conglomerate o Keith and Buckie Thistle fans and curious Fochabers locals doon the High Street towards Mostoddloch. By the time they’d reached the swift-flowing prince o Scotland's salmon rivers, a mere four miles fae far it teems its upland contents intae the chill basin o the Moray Firth, a crowd several hunner strong wis followin.

They climbed the fence across the road fae the cricket club and scrambled their wye doon the bank. Several dizzen took up vantage points on the brig, and ower at the ither side, in the shadow o Baxters' soup and jam placie, there wis jostlin and shovin and swearin as fowk struggled for the optimum view o the spectacle.

Jesus removed his sandals and handit them to Morrice the butcher's brither. Then, liftin up his robe abeen his ankles, he took a tentative step ower the pebbles and chuckies to the watter. A short skip and he wis on the watter. The crowd held its collective breath. Snottery Ivan, sma'er than the average spectator, wis jumpin up and doon tryin to see. The throng on the Elgin side o the Spey began to shout their encouragement.

"Come on Jesus min, you can dee it."

"Gaun yersel Messiah."

"Nae bather tae the big boy, eh?"

And he wis a quarter o the wye ower.

We were willin him on, either silently or wi roars o encouragement. Bernie the Bolt, sniffin oot a money-makin opportunity, wis takin bets fae a' aroon. The boy wis deein weel. And to think we'd come to see a cup final. This wis pre-match entertainment par excellence.

Traffic wis at a standstill on the A96. Fowk were oot o their cars and buses. The reporter fae *The Northern Scot* wis on the phone in the cricket clubhoose sellin the story to every Sunday paper in the country. The strobe-like flashing o dizzens o cameras wis recordin the event for a' mankind to witness. Never in the history o the printed press wid there be an exclusive like this.

And he wis near half wye ower. By this time I'd even forgotten my ower-full bladder, sae engrossed wis I in this miracle bein enacted afore my very een. He wis confident noo, waving to the crowd on the brig, acknowledgin the encouragement o the weel-wishers on the far bank. "Je-sus, Je-sus, Je-sus" wis the chant teen up.

And then, a look o dismay crossed his bearded features. Panic shone in his een, and slowly, the chosen anointed began tae sink. He looked doon helplessly as his ankles, syne his knees, disappeared into the Spey. Jist afore his chin touched the watter, he began to flail his airms and kick his legs. The current bore him doonstream, but wi an affa effort he started to mak his wye back to far we were stannin, agog, unable to believe fit we were witnessin.

At last, near exhausted fae his struggle, he got near enough the bank for us to haul him in. He lay on the bank o the River Spey, sypin weet, worn oot, pyocherin and hoastin getting the watter oot o his lungs.

When he got his breath back and wis able to speak, Morrice the butcher's brither approached him. "Ye're a lucky loon that we were here tae haul ye oot, min. But ye were deein so weel. Half wye ower, nearly a' the wye, then ye sunk. Fit the hell happened?"

"Weel, Morrice the butcher's brither, min," explained the Messiah sorrowfully, "I thocht I could dee it again, I really did, but the last time I did it I didna hae these bloody holes in ma feet."

And it finished Buckie Thistle 0 Keith 1.

Lion aul rogue

WHEN Mrs Morrice the butcher's sister-in-law's sister, fa wid be Morrice the butcher's brither's sister-in-law, wis in the Matty haein her second bairn, Morrice the butcher's brither and Mrs Morrice the butcher's sister-in-law agreed to look efter Mrs Morrice the butcher's sister-in-law's nephew. He wis also Morrice the butcher's brither's nephew, but by marriage only, and therefore wis nae relation ava to Morrice the butcher.

He wis a weel-behaved wee loon, happy to play awa by himsel and amuse himsel, but sociable enough to share his toys wi Morrice the butcher's wheen o geets when they came hame fae a day's demolition work at Oscar Road Primary. In fact, Morrice the butcher took sic a shine to the wee cratur that he got Bernie the Bolt to fashion him a toy cleaver fae wid in his Kaimhill penthoose sheddie. Ye a' ken that Bernie the Bolt is an affa keen whittler...

Onywye, it wis Morrice the butcher's brither's day aff fae bilin sheep's heids, swickin the scales when weighin up the Maris Pipers and the intricate process o mealy jimmy manufacture, and he decided he wid gie the loonie a treat.

"Fit wid ye like tae dee the day then, young Mrs Morrice the butcher's sister-in-law's sister's auldest bairn, min?" he enquired in his avuncular manner.

"Weel, Uncle Morrice the butcher's brither, I'd affa like to ging to the zoo, for at my playgroup there is a hale hist o picters o a' manner o exotic creatures stuck on the wa, and it has lang been a desire o mine to see these beasts in the flesh," replied the loon, displayin vocabulary, syntax and grammar far beyond his years and beyond that of 99% of FE students.

"Oh aye, I'd like to see that as weel," quoth Morrice the butcher's brither, secretly thinkin how he micht turn sic an excursion to his butcherly advantage … anagrammatical lion chops, elephantburgers, cheetah (but that wis too close to hame given the shoppie's reputation for short weight and ither general swickage, so he dismissed that fleeting notion immediately).

So next mornin, aff they set in Morrice the butcher's frankly lethal, brakeless, environmentally-hazardous Austin J4 van.

Raither than traivel a' the wye to Corstorphine or Calderpark, and nae wintin the van nicked onywye fae either o these minkers' hing-oots, Morrice the butcher's brither navigated the trusty J4 in the direction of Blair Drummond Safari Park, reasonin that he could get richt up close to the beasts and that wid be a treat for the loon as weel as an opportunity to size the exotica up for meat/fat ratio and maximum burgerage.

So, into the safari park they drove, the legendary springy suspension on the J4 causin them to loup aboot inside the van on the bumpy track aroon the park until they baith got their van legs.

And whit a day oot the twa o them hid.

The loon saw athing he winted. He wis agape as twa giraffes powkit their heids abeen a clump o trees and lookit doon fae an affa height on the twa humans in the jumpin jack-like commercial vehicle.

Roon the corner they went, and there were twa buffaloes drinkin oot o a water hole.

"Are they buffaloes or bisons, Uncle Morrice the butcher's brither?" speired the loon.

"They hiv to be buffaloes, a bison's fit ye wash yer face in, unless ye come fae Glesca (by ra way wee man, bu')," replied Morrice the butcher's brither, quoting freely fae Tommy's joke book.

Followin that, they saw zebras.

"Stripey horsies," exclaimed the infant. "Is it bedtime since they've got their jammies on, Uncle Morrice the butcher's brither?" which amused the aul rogue greatly.

Efter they'd stopped in the picnic area and washed doon their potted heid baps wi a healthy draught o Moray Cup, Morrice the butcher's brither thocht it wis time tae be gaun hame.

"It'll be dark or we reach the civilisation o the famed seaport o Torry, hame o the saltiest mariners and spiciest mealy jimmies ever committed to meat hook in shoppie windae by man, and this ancient hoor o a bobby's dream o a van has lichts that are effective as a tin tack in a blackbird's erse, ma loon, so we'll hae to mak tracks shortly," explained Morrice the butcher's brither.

"But Uncle Morrice the butcher's brither, we hivna seen the lions yet, and they're my affa affa favourites," pleaded Morrice the butcher's sister-in-law's sister's loon.

"Weel, efter we see them, we'll hae to win awa hame," Morrice the butcher's brither agreed.

So, aff they set again, bumpin and stottin on the ower-compensated suspension, strugglin hard to hing on to the potted heid and delicious saccharine brew digesting in their stomachs.

Soon they came upon the lions, the King of the Beasts. There were half a dizzen o them, stannin aroon lookin fed up, efter a', the Kenyan jungle plains are a helluva lot warmer and gie many mair gazelle-guzzling opportunities than does a park ootside Callander.

But the loon wis fascinated.

"Look, look, Uncle Morrice the butcher's brither, look at the size o them. Oh I'd love to tak hame ane o thon cubs to keep as a pet, the goldfish isna affa interestin. And look at that great big ane ower there! And that must be the mammy lion for there's twa little anes gettin a drink fae her belly. Oh but Uncle Morrice the butcher's brither min, fit's goin on ower there? Fitivver can a' that be aboot? Look, that big lion's lickin the ither big lion's erse!! Fit wye is that? Fit's it daein that for?" squealed Mrs Morrice the butcher's sister-in-law's sister's loon.

Morrice the butcher's brither thocht quickly.

"Fit it is, ma loon, is that the big lion's jist eaten a Tory MP, and he's tryin to get the taste oot o his moo."

Sexually Transit-ed disease

IT wis that blawy the ither day, that when I fell in wi Morrice the butcher's brither crossing the Suspension Briggie on my wye hame, he wis wheelin the message bike, fair puggled fae havin held it upright to protect the wellbein o the mealy jimmies destined for the wifies o Ferryhill.

Morrice the butcher's brither wis on his wye back to Torry and I wis on my wye to the toon on my ain 21-speed Shimano-equipped traffic beater, so we agreed to heid Ferryhill-wards for a pint.

Caul as it wis, we decided that though it wis far ower upmarket for chiels like us, the open roarin fire in the hearth o The Ferryhill Hotel wid be the very place to toast wir taes whilst supping on Mr and Mrs Whitbread's fine home brew.

Jist as we were gettin tore in aboot wir coapy loaves, fa should hove into view but Bernie the Bolt, jailbird, trader and freelance procurement officer for The Ancient and Most Worshipful Order of Hoors and Radges. He wis lookin affa doon in the mou'.

"Come in aboot, Bernie min," roared Morrice the butcher's brither, wipin the froth o a pint screwtap fae his upper lip syne lickin the spume aff the back o his hand, "and sit doon and gie's yer news. Ye're lookin affa sair made ower something. Fit is't? Tell Blin and Morrice the butcher's brither min, for a problem shared is a problem halved, and afore ye sit doon, get the coapy loaves in."

And wi a single draught, Morrice the butcher's brither downed the remaining half pint and sat back refreshed, claiming, "If thon cunt Gary Smith could clear a ba the wye I can clear a pint we'd nivver hae lost that League Cup final in 1992."

There followed a rant of the kind unique to the butcher's

brither, berating a series of hapless Reds' defenders fae Dougie Coutts to David Lilley as "fuckin eeseless, ivvery ane".

His invective wis only halted by the arrival fae the bar o Bernie the Bolt, replete wi a trio o frothin screwtaps.

Bernie took a seat and began to pour oot his tale of woe.

It seems that he'd been released fae Butlins-By-The-Dee only twa three days afore efter daein a wee stretch for a petty crime of which he denied ony knowledge. The fact that he denied ony knowledge o the circumstances surrounding his 73 previous convictions undermined his case somewhat.

Onywye, efter 28 days at the pleasure of Her Majesty, he wis chokin for twa things when he got oot. The first wis easily remedied. Ower tae the aul Coopers Fine Fare shoppie on Wellington Road, and fower cans o Export and a half bottlie o Watsons later, he felt better.

A sleep wis also in order, so he let himsel in to Morrice the butcher's back shoppie and lay doon on a pile o beef sheets and snoozed for an oor or twa.

When he awoke, he mindit o the second desire he had so he walked back to his flat, picked up the Transit van fae which he sells his wares (and dinna ask foo he came by a' the gear he offers), and heidit ower the water to the reid licht area, hopin that Fool Annie or Huntly Kate micht be on duty.

"Neen o the usual hoors to be seen," said Bernie the Bolt shakkin his heid. "It seems that experience is nae longer top o the priority list for the punters on the shore nooadays. It wis a' young bit quines, half nyakkit maist o them, and wi nearly as little beef on them as your swickin aul rogue o a brither's sassidges. I trailed aroon in the Transit for half an oor or so and ended up pickin ane o these young striplings up and heidit ower to the Torry Battery tae dee the business.

"Times have changed loons," he went on, supping at his Whitbread. "It seems that these quines nooadays offer a' sorts o extras, and the quine that wis seein to my needs asked if I had ever experienced pain during the act. I telt her that indeed I had, my very een waterin at the memory o the time Snuffy Ivy mistook the tube o Deep Heat by her bed for the tube o Vaseline she thocht it wis, but the quine jist laughed and offered tae gie me a bit whippin.

"And wi nae further thocht, she reached oot the windie o the Transit, snapped aff the radio antenna, and proceeded to lash my bare back wi the thing.

"Truth to tell, it wis quite erotic. A fine line atween pleasure and pain, according to the Marquis de Sade, and it certainly added something to the experience. Something new that I hinna tried afore."

The three o us had anither sook o wir pints, and Bernie the Bolt continued, "I went awa hame, gled o ma first nicht o freedom, and I slept like a top, loons, but when I woke up next mornin, I could hardly move. My back wis agony. It felt as though I'd been run ower by a Toon bus and ground into the cassies on the Victoria Brig.

"Neurofen, Ibuprofen, Disprol, Disprin, Askit Pooders, Beechams Pooders, Aspro, a half bottle o Lambs Navy Rum – a' were tried but to nae avail. My peer aul back wis still stounin, so I had nae option but ging to the quack.

"Lucky I wis to get an emergency appointment, and efter newsin wi the boy for a while aboot the absolute necessity o haein a National Health Service free to all at the point of delivery, wi nae charges for prescription medicines, the very epicentre o ony kind o socialist utopia that we a' dream o bidin in, he had a look at my back.

"'Some terrible weals there, Mr the Bolt,' announced the doctor gravely. 'If I can take a swab o the fluid weeping fae your wounds, I can dae a quick test wi this compound in that bottle aside the sink there, and I'll be able to prescribe something to help.'

"So he took a cotton bud, dabbed the end in the pus oozing fae my peer scabby back, and dipped it in the bottle."

"'As I thought, Mr the Bolt, nothing serious, but I'm afraid we'll hae to put ye on a course o penicillin. That's the worst case of van aerial disease I've seen in a long time.'"

Hogmanay cuddy

IT wis Hogmanay, and Morrice the butcher's brither wis ready for a nicht on the razzle. When the Grumpian Bar shut at 10 o'clock, he went hame like a good loon and saw in the New Year wi a' his femly, imbibin a gless or twa in the process.

There wis word o a big pairty ower in Mastrick, at which a' the hoors and radges wid be. Morrice the butcher's brither wis weel up for that, and put on his big coat and secreted a bottle o Glen Legopener in his inside pooch.

Whit a shock he got when he opened the front door though. In the twa oors or so since he'd left the pub, there'd been an affa shooer o sna.

It wis awye. In great hoors o drifts. Tons o the cauld weet dazzlin stuff. The worst storm that the twin cities o Torry and Aiberdeen had seen for twa centuries.

Nothing, however, wis goin tae deter wir pal, and he quickly abandoned the idea o takin the van oot. It wis worse than useless on the Manser or the Nigg Brae efter a licht drizzle, so it wid be an absolute poultice on a nicht sic as greeted Morrice the butcher's brither as he set aff for Mastrick.

It wis heavy goin though, and he wisna makin muckle o it. Still the sna fell, coverin athing. Such wis the volume o the stuff that Morrice the butcher's brither wished the pillar box on Menzies Road a Happy New Year, and took affa umbrage at the fact that it didna offer him a sook fae its bottle.

As he passed by the shoppie, he had a brainwave. He struggled roon the lanie, into the backie and opened the shed. He'd near forgotten aboot the cuddy that had been retired and replaced by that useless reekie aul hoor o an Austin J4, but he thocht that the horse wis jist the thing to help him on his wye.

He got the unwilling aul beast riggit wi some gear that wis

hung up on the wa, and led it oot and started his journey to the pairty o the year. Considering the year wis less than an oor aul, this wis nae great boast.

Ower the Suspension Brig they traivelled, the cuddy's heid doon against the gale force wind blawin huddock heids and mackerel in-timmers fae the fish arches at the fit o College Street.

Under the railway they plodded, the peer beast's scraggy belly level wi the drifts that were formin underfit. Whit a sna there wis. Along by the arches they traivelled, sendin scurryin into Ferryhill twa polar bears rakin for scraps in a skip ootside the pub.

Conditions were gettin worse and worse, and the cuddy became ivver mair unwillin to mak progress. It skited and slid up the cassies on College Street, although the cassies were weel hidden by the frozen precipitate that covered athing. At Guild Street they were near ca'ed ower by loons sledgin doon the Bridge Street steps on Aitkens bakers' trays. By the time the peer aul horsie had plowtered its wye up Bridge Street, it wis fair knackered. And the sna continued to drop. Morrice the butcher's brither wis strugglin himsel, pechin and hoastin, up to his oxters gey near in weet caul sna.

By the time he'd bullied the cuddy a hunner yards up Union Street towards Holburn Junction, he realised that if he wis to get to Mastrick, he'd be better on his ain. The horse wis totally puggled, soakin weet, and strugglin to find ony solid grun under the blanket o sna that covered athing in sicht.

Morrice the butcher's brither lookit aboot, spied a post stickin oot o the sna, and tied the cuddy til't, promisin to come back after the pairty to tak it hame to its warm bed in the shed at the back o the shoppie.

So he wis on his ain. But ye ken Morrice, he's a determined aul rogue, and off he set, pickin his wye ower drifts, through drifts, and noo and agin, heid first into drifts as soft sna crumbled below him.

Up Alford Place, Albyn Place, Fountainhall Road far there wis a bit o respite oot o the wind.

Still the sna fell. Never had sna been seen like it.

Up Midstocket shuffled Morrice the butcher's brither, fortified only by the occasional draught fae the bottle inside his coat.

Anderson Drive wis deserted. The Cocket Hat could hardly be seen. Only hardened first fitters were patrollin the streets, slippin, skitin and swearin as they struggled to cope wi conditions even worse than thon New Year when the Dons v St Johnstone game wis cancelled at half time (and us 3-0 up, including a quite incredible shot fae ootside the box by Eric Black).

Arnage Drive hove into view, Morrice the butcher's brither takin on a yeti-like look wi his poor posture and the fact that he wis by noo weel harled by blin drift.

At last he arrived at the door. He wis welcomed in like a long-lost freen by the radges and hoors fa plied him wi Fowlers Wee Heavies, bottles o Mackeson, Watsons and Crabbies, sheep's heid broth, a leg o the turkey and sassidge rolls made wi Morrice the butcher's mince.

Within an oor o arrivin at the pairty, he'd thawed oot, wis dryin oot, and wis heidin for a welcome state o drunkenness.

A' the boys were there. Me, Blin Lemon, the Torryloon, Phoenix, Bobby Bland, Ernie Winchester, Hugh Mungus, Geordie Gusset – amateur gynea... gynaek... gaeni... fanny doctor – Johnny Norrie, Watty Fukk, Bandy the Bobby, Soor Dook, Bow-Houghs and even the twa dobs and SteveW. Oh and the camp followers, Diamond Lil, Fool Annie, Snuffy Ivy, Huntly Kate, Forfar Meg, Garstang Lil, Cove Mary and every hooker as ivver drapped her dra'ers for a supply boat deck-hand.

By aboot eight o'clock in the mornin, things had quietened doon a bit. Maist o the pairtygoers had dozed aff – a combination o late nicht and ower-indulgence in barley bree. Morrice the butcher's brither drained his gless, threw on his coat, liberated a bottle o Watson's Rum fae a sleepin Johnny Norrie's grip and decided to mak his wye back to Torry.

Well, ye widna believe it. Whit a thaw there had been. Record snawfa the nicht afore, drifts the hicht o double decker bussies in Anderson Drive, and noo, nothing but watter. Awye.

On Albyn Place on his wye back, Morrice the butcher's brither wis near run ower by a trawler, haulin its nets in Frunkie Lefevre's office car park, such wis the thaw there had been.

He hitched a lift fae a boy in a wee boat heidin ower Girdleness wye and got hame drookit, drunk and tired oot.

By efterneen, he wis up and aboot again. Turkey denner. Paper hats. Mair first fits.

Halfwye through his twelfth dram, he suddenly mindit on the cuddy. He'd left it tied to thon post stickin oot o the sna in Union Street. At least there had been a thaw (and whit a thaw it wis), so the beast wid be warmer nor it wis the nicht afore.

So Morrice the butcher's brither pit his coat on again, and takin jist 6 cans o McEwans India Pale Ale and twa Whitbread screwtaps wi him, set off to tak the cuddy back to its stable.

When he got to Union Street, there wis feint the sicht o the cuddy. Up and doon he walked, fae Bridge Street to Holburn Street. Nae hide nor hair o the beast, nor o the post that wis stickin up oot o the sna and to which he had tethered the animal the nicht afore.

He wis jist aboot to phone the bobbies, when he heard a snicherin and neighin that he recognised. He couldna mak oot far it wis comin fae.

Then he looked up, and there wis the cuddy, hingin fae the steeple o Langstane Kirk.

Or at least that's fit the leein aul rogue telt me.

Bucket days and negligees

DID somebody mention New Year hangovers? Ye should have seen the state o Bobby Bland when he came into the Double 2 the day efter New Year's Day. His een were bloodshot and reider than Snuffy Ivy's new Christmas dra'ers, his skin wis as grey as the cassies on Menzies Road, and his breath smelt like he'd been slakin his thirst up at the sewage works at Girdleness.

Morrice the butcher's brither, in the Doubler enjoyin a weel-earned respite fae the bubbly jock frenzy o the last fortnicht, shouted oot to the quine ahin the bar to gie him a large brandy. Kill or cure, that's Morrice the butcher's brither's motto.

Nae respect for the distilled liquid output of La Belle France has Bobby Bland. Nae a fuckin chunce. Sichted the bar through the golden hue o the gless and couped it ower his thrapple in one go. It wis touch and go. Money wis changing hands furiously as the Doubler's punters laid bets on whether Blando wid keep Morrice the butcher's brither's New Year offerin doon or no. Once, twice, thrice his heid shook as his already-abused digestive system bore the brunt o yet anither assault by brer quaff. A rummle emanated fae his belly, twa three couks were observed, afore his een brichtened visibly and he came to life, his levels topped up to the extremes required for Bobby Bland to hud meaningful conversation.

Ower he came to wir table, shook wir hauns, for he had missed the hoors and radges pairty at Johnny Norrie's hoose, and wished us a Happy New Year.

Addressin the assembly o the Torryloon, me – Blin Lemon – Foxylad, Huntly Kate, Tommy, Morrice the butcher's brither, Cove Mary, Hugh Mungus and Ernie Winchester, Bobby Bland held forth wi the followin tale, pausing only to toast the health o the Foxylad fa had ordered Watsons and Crabbies a' roon.

"Ye'll nae believe fit happened in wir street jist afore Christmas," began Bobby Bland.

"Twa doors doon fae me bides a boy that works offshore for Santa Fe. His wife's a cracker. I'd use her shite for toothpaste. A body like the duncers that used tae dee the dennertime slapper act at Crazy Daisy's in Commerce Street. Bonny shinin dark hair. Wears a' the latest fashions, and whilies when ye see her doon at the shops ye'd swear that she wis heidin for a shift at the harbour. Faultless make-up. Leather micro skirt. Stocking tops. Wonderbra. The works.

"Onywye, the wik afore Christmas, her man's called affshore on a rush job. Taxi hame fae Tullos, pack a bug, oot to the heliport and twa oors later he's seventy fit abeen the North Sea troubleshootin and swappin tales o derring do wi Buster.

"Next day, aboot six days afore Christmas, the scaffie cairt comes roon. There's the driver, and three City of Aberdeen District Council cleansing operatives fa are responsible for teemin the buckets in ower the back o the Scammell.

"Wi her man awa problem-solvin in the hostile environment o the North Sea, the wife's got nae reason to get dressed properly afore dennertime, so she ventures to the door in this wisp o transparent cloth that her man has bocht her in the Fool Annie Summers' shoppie in Union Street a twa three wiks afore. Suffice to say, abody can see her entire CV. Highers, O levels, the hale jing-bang.

"She beckons to the first boy, the lad that's jist teemed her bucket. Ower he came, een oot on stalks. 'Come on in,' she says wi a big wink, and drags the boy bodily in the front door. Eence he's inside, she flings herself doon on the lobby carpet, opens her legs and gies the boy the absolute time o his scaffie life. Twenty minutes later, he emerges fae her front door, wi a look like Scooby Doo on his coupon, nae able to believe the bodily experience he's jist had.

"Jist as he climbs aboard the cairt to rejine his mates, the babe appears at the door again. She pints at the ither boy hingin on the back o the cairt, and beckons him intae the hoose. As seen as the door shuts ahin them, she whips the boys dungers doon, gies his bas a surreptitious squeeze, his tadger a quick rub and for extra measure tickles the tip wi her vibrating tonsils, afore straddling him, and swallowing his entire manhood inside her hot voracious body. For the next ten minutes, she squats up and doon on him, squeezing every last drop o life-giving fluid fae him in a one-off mind-blowing experience that the boy will never forget. He staggers doon the pathie, like Jack Nicholson at the end o *One Flew Over The Cuckoo's Nest*, gibbering incomprehensibly.

"Oh, but she's nae finished yet. The third boy, wonderin fit the hell has been goin on, and thinking fondly o the Aitkens' rowie and Morrice the butcher's potted heid that he's dyin to get intae for his piece, is summoned ower. Inside, the wifie grabs a hud o him, sticks her tongue doon his throat, her haun doon his dra'ers and finally her tongue doon his dra'ers. She pushes him back and he trips on the bottom step o the staircase and falls on his back. Nae seener has he hit the deck than his breeks are torn aff, and he is given the same fleshly treatment as his two mesmerised compadres outside hingin on to the back o the cairt. By this time, the driver has jaloused fit's goin on and is rubbin his hands, and various ither bodily parts in anticipation o his shottie.

"So, oot stots the third boy, scarcely able to believe fit has jist happened to him, a humble scaffie fae the Poynernook Road depot, used mair to getting fowk complainin aboot the mess left efter the scaffies have been than getting the sexual experience o a lifetime. Shakkin his heid in disbelief, he jines his twa shell-shocked pals hingin on to the back o the cairt.

"The wifie shouts 'Coo-ee' to the driver and beckons him towards the hoose. The spaver buttons o his dungers arrive at the door a good nine inches afore the driver does. He canna wait. In he goes and the siren says 'Wait there a minute min,' and disappears towards the kitchen. The driver is burstin oot o his breeks wi excitement, thinking that she's awa to get some butter fae the fridge so that they can re-enact the Brando scene fae *Last Tango In Paris*. Ben she comes, hands him six tins of McEwans Export, and says: 'Thanks for teemin the buckets for the hale year driver, now dinna drink them until ye get hame.'

"The driver is dumbfoonert. 'Fuck sake,' he shouts, 'There's three boys outside fa hiv been forced to satisfy you sexually, whose een are still spinnin roon in their heeds, whose bas are still tinglin, and fa have had, if ye pardon my crudity, a ride, perchance a blow-job as their New Year present. And fit's this ye gie me?'

"The wifie lookit him straicht in the ee and said: 'Well, ye'll hae to tak it up wi ma man, and he's awa affshore. Afore he left, when I askit him aboot giein the scaffies their New Year, he said, 'Jist gie the driver six tins o Export and fuck the rest o them.'"

"Now," says Bobby Bland, "I'm fair choking for a Fowlers Wee Heavy. Fit's abody else for?"

A wee bit cheer

MORRICE the butcher's brither wis oot the back door o his brither's shoppie the ither day, gaitherin maggots fae the bag o sheep's heids he keeps at the back door. I spied him and went in by for a news.

Stannin there wi a cuppie o industrial strength Colombian coffee (for Morrice the butcher's brither is affa sophisticated and kens his Arabica fae his Kenyan), he wis lookin affa amused wi himsel.

"Fit are you so happy aboot min, ye're normally a grumpy aul fucker? Fit's been ticklin ye?" I speired.

"I got an affa laugh this mornin," replied Morrice the butcher's brither. "Div ye mind the boy Pirie that bade up Kerloch Place, him fa's wife wis the only body we ivver kent to brak intae Craigie cos she wis seein tae a warder on the nicht shift? Well, he got divorced and got merried again last Setterday. The new Mrs Pirie wis in this mornin and she wis tellin the quine that dis wir books aboot the honeymoon."

And the inimitable flesher's sibling near chokit on his drink as he began roarin and laughin again.

"Come on then, min, fit's sae funny?"

"Well, efter a' the festivities were by, the twa o them went to their bedroom in the Skean Dhu at Cove. Now, Pirie himsel wis a shy loon and he'd nivver ventured intae the quine's dra'ers ere the nuptials, hivvin teen religion efter the first Mrs Pirie absconded wi the screw, so he wis gettin undressed in front o the quine for the first time.

"When he took aff his socks, the quine wis aghast at the state o his taes. They were a' bent in the wye, nae a straight tae among them.

"'Fit happened tae yer taes min?' she speired o her new man.

"'When I wis a young loon,' he explained, 'I suffered fae tolio.'

"'Tolio?' she enquired, 'Div ye nae mean polio?'

"'Na,' he says, 'tolio, and it left ma feet the wye they are.'

"Syne he took aff his breeks, and she noticed that his knees were an affa mess o pock-markit scars.

"'Michty min, fit did ye dae tae yer knees?' speired the bride, realisin that the 'in sickness or health' bittie wis takin on new meanin.

"'When I wis a teenager, I wis struck doon by an affa serious dose o kneesles.'

"'Div ye mean measles?' she enquired.

"'Damn the length,' he responded, 'kneesles it wis and they've left me scarred for life as ye can see.'

"Then he took aff his dra'ers. The wife took a look one wye, then the ither and said, 'That must've been an affa case o small-cox ye suffered fae, then.'

And the humpy-backit aul bugger near chokit on his coffee.

The taxi hame

NAE lang ago, it wis the birthday o the youngest o Morrice the butcher's brither's loons. The yirlin wis asked to nominate his birthday treat, and he plumped for haein a birn o his pals fae the school get the wristbands on doon at Codonas, for an efterneen o waltzer and dodgem-related high jinks.

Morrice the butcher's brither, although an attentive parent, decided he could dee without the spectacle o loons eatin candy floss and burgers and syne spewin oot ower the side o the helter-skelter, so he left Mrs Morrice the butcher's sister-in-law in full charge o the urchins and nippit up to The Saltoun Arms for a pint and a read o the *Herald and Post*. Luckily, somebody had left a copy o *The Guardian* there, for the *Herald and Post* is so devoid o ony worthwhile readin maitter that he'd finished it weel afore his Mackeson black and tan had settled into the delicious amalgalm o hivvy and stout that it is at its best.

Halfwye through reading Polly Toynbee's poor summarisation of the current war against terrorism ("start at hame Bush, ye murderin barsteward" muttered Morrice the butcher's brither at one point), Coapy Sandy walked in, hivvin jist left Mrs Coapy Sandy at the Tile Centre on East North Street choosin new tiles for their renovated inside lavvie. Now, as ye a' probably ken, Coapy Sandy is a maist sociable bein, and afore lang Morrice the butcher's brither realised time wis up, and that he'd hae to tak his leave o the hostelry and get back to Codonas to pick up the loon and Mrs Morrice the butcher's sister-in-law.

By this time, of course, wi the aid o his ain wallet and Coapy Sandy's largesse, he'd bellied a gallon and mair o the ebony nectar, and wis in nae fit state to drive the aul Austin J4 hame.

"Nivver mind Mrs Morrice the butcher's sister-in-law min

quine," he said, "we'll jist get a taxi. Nae even the desperadoes that hing oot roon this area o toon wid pinch that aul hoor o a van. We'll get a taxi hame, and I'll come doon here the morn on the message bike and pick the rickety aul roost-bucket up."

Eence a' the loon's pals' parents hid arrived to tak their off-spring hame, Mrs Morrice the butcher's sister-in-law procured a taxi. They a' piled in and the cab set aff towards Torry.

Doon Wellington Street, richt turn alang the dockside and on to Waterloo Quay they drove.

Of course it wis early evening by noo, and dotted along the street, in the gaitherin dusk, were wee knots o quines. High heeled thigh length beets. Tee-shirts cut as low as you could see the colour o fluff in their belly buttons. Peroxided hair, and skirts that short that you could see that collar and cuffs didna match. Spiders' legs? Fuckin tarantulas, min!

Morrice the butcher's brither's loon observed these ladies o the nicht wi some interest.

"Ma, fit are a' these quines hingin aboot here for, dressed like that?" speired the loon, his curiosity getting the better o him.

Mrs Morrice the butcher's sister-in-law thocht quickly.

"Well, they're er... a' goin to a pairty, which explains their lack o claes, for it will get affa het eence the duncin starts, and they're a' stannin aboot here waitin for their boyfriends fa are a' in The Yardairm getting drunk, like yer dad," she responded, attemptin to spare the loon's innocence.

The taxi driver mumbled, "For fox ache, tell the loon the truth. They're hoors, and they sleep wi mannies for money."

Mrs Morrice the butcher's sister-in-law wis aghast.

Morrice the butcher's loon, havin seen *Living and Growing* at the school, and havin observed the graffiti on the school lavvie wa (almost certainly the creative work o his aul man's contemporary Johnny Norrie years afore), understood aboot the birds and bees, so he ventured, "Ma, div these hoors, efter they've deen fit they dee wi the mannies, div they ivver hae babies?"

"Course they div," growled Morrice the butcher's brither fae the back seat, "far div ye think taxi drivers come fae?"

Glossary

affa ....exceedingly, terrible, from (eg.fell affa dyke)
baffies................slippers, tartan and zippit (qv)
bam................... foolish person
ben.................... through, over, down, across,
Thornley AFC winger
bothans..............shebeens, unlicensed drinking dens
bourach..............cluster, huddle, group. Mess, sotter (qv)
curn/kirn (qv)
breeks................trousers
brosey................ burly, well built
cassies.............. street cobbles
chiel.................. young man
claes.................. clothes, apparel, raiment
claik................... chat
clip-jints..............premises (usually licensed but see "bothans")
of ill repute and dubious morals
Coapy Loaves... bottled beers (from whitBREAD ie.loaf from
the coapy bakery in Berryden)
coupin................tilting, pouring, emptying
cremmy............. crematorium
cuddy................. equine quadraped...a horse, ken?
curmudgeonly.... ill-natured
curn................... copious amount, mess (also kirn)
dandy................. a fan of Aberdeen Football Club
dazzies.............. marbles
deitered..............tired, inebriated
doorie................ entrance space in building, normally framed
and hinged with letter-box
dra'ers................underpants, skids
drookit................sipin, soakit, affa weet

drooths...............thirsty chiels
dubby.................clarted in mud (ie dubs), muddy
ee......................eye (addio)
een.....................eyes
eese...................use
feels...................idiots
fool.....................dirty, mingin (also key character in King Lear)
fou......................drunk, mingin
founert................knackered, fucked, collapsed due to drinkin coapy loaves
goonie................gown
hoastin...............coughing, pyocherin
hoor....................person, prostitute, item
hoorin................ almighty, sizeable
houghmagandie..fucking and frollicking
ingins..................onions
ken......................know, be acquainted with, (also chiel name abbreviated from Kenneth, ken?)
limmer................woman of loose morals and even looser elastic
loon....................boy
lugs....................ears
mealie jimmy......a savoury oatmeal and ingin (qv) sassidge-like puddin
muckle............... much, large
nyakkit............... unclothed, in the buff, tackle oot
or........................by the time
pechin.................panting
plowtered...........waded
pooch.................pocket
potted heid.........Butcher's hough, fromage a tête: beast head-based delicacy, affa fine on a rowie, mmmmmmmmmm!
puckle................ one or two
pyocherin...........hoastin (qv)
quaffin................givin it laldy wi the liquor

radge................. a man of questionable pursuits but much admired by his peers (ither radges)
rocher.................less refined
rowie.................. a buttery, an Aberdeen morning roll
saftie.................. bread roll
sassidges...........you're kidding, right?
scaffie................ bin man, local authority cleansing operative (wheel based)
smiddy nuts....... small, slow burning coal (when we had a coal industry, Thatcher ye witch!)
sna.....................snow
speir................... enquire of, ask
speirs................. enquires of, asks, pretentious middle class sports journalist with corduroy jacket
spume................froth
spume-a-ring...... vomit violently
stounin................throbbing
stoups.................drinking vessels
stourin................. pouring, gushing forth
swalliers............ drinkers
swarthy...............dark-skinned
syne....................then, next, since,(also co-sine, mathematical variable and symbol of the Coapy)
teen....................smitten, taken
thochtie.............. a tiny measure, equivalent to twa ba' hairs (building site measurement terminology)
timmer................ wood
waskit.................waistcoat
weals.................. red raw wounds
whilies.................occasionally
yalla.................... a pale primary colour
zippit................... of baffies qv: closure device